헨리 6세 3부

헨리 6세 3부
Henry VI, Part III

윌리엄 셰익스피어 지음
한정이 옮김

도서출판 동인

발간사

　지금까지 셰익스피어 작품에 대한 번역은 끊임없이 다양한 동기에 의해 진행되어 왔다. 초창기 셰익스피어 작품 번역은 일본어 번역을 우리말로 옮기는 작업이었다. 일본이 서구에 대한 수용을 활발한 번역을 통해서 시도하였기 때문에 일본어를 공부한 한국 학자들이 번역을 하는데 용이했던 까닭이었다. 하지만 이 경우는 문학적인 차원에서 서구 문학의 상징적 존재인 셰익스피어를 문학적으로 소개하는 것이 목적이어서 문어체를 바탕으로 문장의 내포된 의미를 부연하게 되어 매우 복잡하고 부자연스러운 번역이 주조를 이루었던 것이 문제가 되었다.

　그 다음 세대로서 영어에 능숙한 학자들이나 번역가들이 셰익스피어 번역에 참여하게 되었다. 셰익스피어 작품에 대한 수많은 주(note)를 참조하여 문학적 이해와 해석을 곁들인 번역은 작품의 깊이를 파악하는데 많은 도움이 되었다고 볼 수 있다. 하지만 셰익스피어 작품을 무대에 올리는 배우들에게는 또 다른 문제가 생길 수밖에 없었다. 문학적 해석을 번역에 수용하는 문장은 구어체적인 생동감을 느낄 수 없었고, 호흡이 너무 길어 배우가 대사로 처리하기에 부적합하였다.

이런 문제점을 해결하기 위해서 번역가마다 각자 특별한 효과를 내도록 원서에서 느낄 수 있는 운율적 실험을 실시하기도 하였다. 그런 시도는 셰익스피어 번역에 새로운 분위기를 자아내었을 뿐 아니라 다양한 번역이 이루어져 나름의 의미가 있었다고 본다. 반면에 우리말을 영어식의 운율에 맞추는 식의 인위적 효과를 위해서 실험하는 것은 배우들이 대사 처리하기에 또 다른 부자연성을 느끼게 하였다.

한국에서 셰익스피어를 연구하는 학자들이 모이는 한국셰익스피어학회에서 셰익스피어 탄생 450주년을 기념하여 셰익스피어 전작에 대한 새로운 번역을 시도하기로 하였다. 우선 이번 번역은 셰익스피어 원서를 수준 높게 이해하는 학자들이 배우들의 무대 언어에 알맞은 번역을 한다는 점에서 차별성을 두고자 한다. 또한 신세대 학자들이 대거 참여하여 우리말을 현대적 감각에 맞게 구사하여 번역을 하자는 원칙을 정하였다.

시대가 바뀔 때마다 독자들의 언어가 달라지고 이에 부응하는 번역이 나와야 한다고 본다. 무대 위의 배우들과 현대 독자들의 언어감각에 맞는 번역이란 두 마리 토끼를 잡는 것은 그리 쉬운 일은 아니지만 매우 의미 있는 일일 것이다. 이번 한국 셰익스피어 학회가 공인하는 셰익스피어 전작 번역이 성공적으로 이루어지도록 뒷받침하는 도서출판 동인의 이성모 사장에게 심심한 감사의 뜻을 전하며 인문학의 부재의 시대에 새로운 인문학의 부활을 이루어내는 계기가 되리라 믿는다.

2014년 3월
한국셰익스피어학회 17대 회장 박정근

『헨리 6세 3부』는 장미 전쟁의 참상과 치열함을 생생하게 재현하고 있다. 작품의 소재로 전쟁을 다루고 있지만 셰익스피어의 다른 작품과 마찬가지로 셰익스피어는 이 극에서 인물들을 통해 인간의 행위 및 본성, 삶과 죽음을 해부하고 관찰하고 나아가 관조하고 있음을 볼 수 있다. 헨리를 통해서는 인생의 의미에 대한 관조를, 리처드를 통해서는 자신의 욕망을 위해 자기합리화와 이기주의의 극한이 어디에까지 다다를 수 있는지를, 마가렛을 통해서는 자기애의 확장이 자식을 통해 어떻게 드러나고 있는지를, 클리포드를 통해서는 혈연에 대한 집착이 복수라는 형태를 띠고 어떻게 구현되는지를, 죽음 앞에 다다른 워릭을 통해서는 인생의 무상함에 대한 자각을 보여준다.

쇼펜하우어는 인간은 욕구가 구체화된 존재이며 헤아릴 수 없는 욕망의 덩어리로서 자기의 욕망과 고통을 제외하면 아무런 확실성도 없이 지상의 삶을 누리고 있는 존재라고 인간을 해석하였다. 이 극의 인물들이 취하는 행위를 보노라면 쇼펜하우어의 인간에 대한 이런 해석을 그대로 적용해 볼 수 있다. 극 중의 인물들의 행위는 온통 자신의 욕망을 충족시키는 데 있다. 증오와 그에 수반된 복수욕, 명예욕과 야욕, 애욕과 탐욕 등 갖은 욕망을 채우기 위해 분투하며 그 과정에서 고통이 수반된다. 자신의 이익과 욕망을 위해서는 배신과 살인도 마다 않는 이기주의의 양상을 보인다. 인간에 대한 사랑은 자기 자신과 자기의 피붙이 그리고 자신과 이해관계를 함께하는 일당에 한정된다.

이런 와중에 인간의 또 다른 가능성을 셰익스피어는 헨리를 통해서 탐색하고 있다. 헨리는 자기애를 극복하고 타인에 대한 동정심을 느끼고 자비를 베푼다. 그의 피붙이에게 굳이 부당한 왕위를 물려주려고 하지 않을 뿐 아니라 요크가 자신의 왕권을 빼앗았음에도 불구하고 나중에 그의 죽음을 보고 슬퍼한다. 쇼펜하우어는 자신의 참 자아를 인식한 사람은 개별적 자아를 초월하여 다른 생명체의 고통을 자기 자신의 고통으로 생각하고, 타인의 고뇌를 자신의 고뇌로 느낀다고 말하였다. 또 이런 사람은 전체를 인식하고 그 본질을 파악하기 때문에 인간 행위의 무의미한 노력을 간파한다고 한다. 이 극에서 헨리는 인간 행위의 무상함에 대해 숙고하며, 인간세계에 대한 이치를 파악하고 있는 현자의 모습을 보인다. 반면 극 중의 많은 인물들은 자신의 욕망에 사로잡혀 아무런 생각 없이 욕망을 충족하려고 고투하다가 끝내는 죽음을 맞이한다. 이런 그들의 모습은 맥베스의 대사—인생은 단지 걸어 다니는 그림자, 무대 위에서 주어진 시간동안 으스대며 걷고 애태우지만, 이내 사라지는 가련한 배우에 불과할 뿐. 그것은 소리와 분노로 가득한, 아무런 의미도 없는 바보들의 이야기—를 연상시킨다.

흔히 하는 말이지만 작가는 하나의 세계와 그 속에서의 인물들을 창조해 낸다. 시공을 초월해서 많은 사람들을 만나게 하고 다양한 삶을 간접적으로 체험할 수 있도록 한다. 철학과 심리학이 세계나 인간에 대한 해석을 시도하는 데 그치는 반면, 문학은 주인공들의 삶과 죽음, 감정 등을 통해 우리로 하여금 또 다른 인생 그 자체를 살아보게 하고 체험하게 함으로써 인간과 인생에 대한 이해의 폭을 보다 확장시킨다. 그리하여 인생에 대한 진리나 진실에 한 발짝 더 가까이 다가설 수 있게 한다. 이런 점에서 문학은 불확실한 세계를 살아가는 우리들에게 한줄기 빛을 던져준다고 할 수 있다.

『헨리 6세 3부』를 번역하면서 또 다른 언어로 하나의 세계를 재창조하는 즐거움을 누릴 수 있었다. 셰익스피어 언어의 묘미를 제대로 살리고자 우리말로는 낯설더라도 의역보다는 원문에 충실해서 번역하려고 노력하였고, 무대에서 배우들이 대사를 자연스럽게 말할 수 있도록 말의 순서를 배치하는데 유념했다. 끝으로 셰익스피어 학회에서 추진하는 셰익스피어 전 작품 번역 사업단의 일원으로 한 작품을 맡아 번역한 데 보람을 느끼며, 나의 이 작은 노력이 셰익스피어 작품 독자층의 저변 확대에 많은 도움이 되었으면 한다.

2015년 5월
한정이

| 차례 |

등장인물

헨리 6세
마가렛 왕비 나폴리의 왕, 레이니에의 딸
에드워드 왕자 영국의 왕세자, 헨리 6세와 마가렛 사이의 아들
엑스터 공작
소머셋 공작
노섬벌랜드 백작
웨스트멀랜드 백작
옥스퍼드 백작
클리포드 경
존 소머빌 경
헨리 리치먼드 백작, 후에 헨리 7세

리처드 플랜태지넷 요크 공작
에드워드 마치 백작, 요크의 장남, 후에 요크 공작, 후에 에드워드 4세
조지 요크의 아들, 후에 클라렌스 공작
리처드 요크의 아들, 후에 글로스터 공작, 후에 리처드 3세
에드먼드 럿랜드 백작, 요크의 막내아들
럿랜드의 가정 교사
토마스 소머빌 경
존 모티머 경
휴 모티머 경
노포크 공작
몬태규 후작 워릭 백작의 동생
워릭 백작 리처드 네빌
스태포드 경
헤이스팅즈 경
윌리엄 스탠리 경

펨브룩 백작

존 몽고메리 경

엘리자베스 그레이 부인, 존 그레이 경의 미망인, 나중에 에드워드 4세의 비, 엘리자베스 왕비

리버즈 경 그레이 부인의 남동생

에드워드 에드워드 4세와 엘리자베스 사이의 아들

프랑스 왕 루이 11세

보나 루이의 처제

부르봉 경

요크 시장

요크 시 의원들

전장에서 아버지를 죽인 아들

전장에서 아들을 죽인 아버지

사냥터지기들

경비병들

전령들

병사들 등등

1막

1장

긴박한 나팔소리. 요크 공작, 그의 장남 에드워드, 3남 리처드,
노포크 공작, 워릭 백작 및 병사들, 모자에 백장미[1]를 꽂고 등장

워릭 왕이 어떻게 우리 수중에서 벗어났을까요, 도대체!²

요크 우리가 북쪽 기병들을 쫓고 있는 사이에,

자신의 군대를 내버려두고 몰래 도망쳤소.

그러자 결코 후퇴라곤 모르는

⁵ 위대한 노섬벌랜드 경이

풀죽은 병사들을 독려했다오.

그리고 그 자신과 클리포드 영주, 스태포드 영주가

모두 나란히 선봉을 맡아 돌진했지만

우리 병사들의 검에 세 사람 모두 죽고 말았소.

¹⁰ **에드워드** 스태포드 영주의 아버지, 버킹검공작도 죽었거나

심하게 부상을 입었을 겁니다.

내가 그의 투구 턱가리개를 일격에 내리쳐서 쪼개버렸거든요.

아버님, 정말이에요. 그의 피를 보세요.

몬태규³ 형님, 이것은 윌트셔 백작의 피요.

---

1. 요크 가문의 상징
2. 『헨리 6세 2부』의 마지막 장에서 펼쳐진 세인트 올번즈(Saint Albans) 전투의 결과
   를 요크와 그의 일당들이 이야기하고 있다.
3. 1막에 등장하는 몬태규는 2막부터 등장하는 몬태규와 다른 인물임. 뒤에 등장하는

전투가 개시되었을 때 그 자하고 맞붙었답니다.

리처드 내 얘기도 좀 해주세요. 내가 한 일도요.

소머셋 공작의 머리를 던지면서

요크 리처드가 내 아들들 중에서 제일 치하할 만하오.

소머셋 경, 경도 죽었는가?

노포크 존 오브 곤트의 자손들이 모두 저 꼴이 되기를!

요크 그래서 내가 헨리 왕의 머리를 잡고 흔들 수 있도록.   20

워릭 나 역시 그러기를 바라오. 승리에 빛나는 요크 공이여,

랑카스터 가문이 찬탈한

이 옥좌에 그대가 앉는 것을 보기 전에는

결단코 눈을 감지 않을 것을 하늘에 대고 맹세하오.

여기는 겁쟁이 왕의 궁전이오.   25

그러니 이 왕좌를 가지소서, 요크 공.

이 왕좌는 그대의 것이지, 헨리 왕의 자손 것이 아니라오.

요크 고마운 워릭, 나를 도와주시오. 그러면 그렇게 하리다.

여기까지도 무력으로 쳐들어왔으니까.

노포크 우리 모두 당신을 돕겠소. 도망가는 자는 죽을 것이다.   30

요크 고맙소, 노포크 경. 내 곁에 있으시오, 경들 모두.

병사들도 오늘 밤 내 곁에서 숙박하도록.

병사들 무대 뒤쪽으로 퇴장

몬태규는 워릭의 동생이며, 1막의 몬태규는 요크의 brother-in-law로 간주할 수 있음.

워릭 왕이 나타나면, 그에게 무력을 행사하지 마시오.

그가 강제로 당신을 밀어내려고 하지 않는 이상.

35 **요크** 오늘 왕비가 여기서 의회를 개최하려고 하오.

하지만 우리가 왕비의 계획을 알 것이라곤 꿈에도 모를 거요.

말로든 싸움으로든 여기서 우리의 권리를 쟁취합시다.

리처드 무장한 채로 이 의사당 내에 있습시다.

워릭 오늘은 피의 의회라고 불릴 거요.

40 요크 공 플랜태지넷께서 왕이 되지 않는 한,

그리고 나약한 헨리가 폐위되지 않는 한.

왕의 비겁함 때문에 우리가 적들에게 비웃음거리가 되었소.

요크 그러니 나를 떠나지 마시오, 경들. 단단히 결심을 하구려.

내 권리를 꼭 되차지하겠소.

45 **워릭** 이 워릭이 종을 흔들기만 하면[4] 왕도, 왕을 가장 사랑하는 이도,

랑카스터 가문을 최고로 자랑스럽게 떠받드는 자도,

감히 날갯짓 한번 하지 못할 거요.

내가 플랜태지넷을 심을 것이오. 그에게 도전하는 자는 뽑아버리고

결심하시오, 리처드. 영국 왕권을 요구하시오.

요크, 왕좌에 앉는다.

나팔소리. 헨리 왕, 클리퍼드, 노섬벌랜드, 웨스트멀랜드, 엑스터, 기타 모자에
홍장미[5]를 꽂고 등장

---

4. 매의 이미지. 사냥꾼들이 매들의 먹잇감을 겁주기 위해 매 발 위에 종을 매닮.
5. 랑카스터 가문의 상징

헨리 왕 경들, 저 난폭한 반역도가 앉아 있는 걸 보오.   50

그것도 왕이 앉는 자리에!

저 부정한 귀족이 워릭의 힘을 업고

왕위를 탐하고 왕으로서 군림하고자 하는 모양이오.

노섬벌랜드 백작, 그[6]가 당신 아버지를 살해했소, 그리고 클리포

드 경의 아버지도.

그래서 두 분 다 그 자와, 그 자의 아들들, 충신들,   60

친구들을 복수하기로 맹세하지 않았소.

노섬벌랜드 만약 내가 복수하지 않으면, 하늘이 나를 가만 두지 않을 거요.

클리포드 복수할 희망으로 이렇게 갑옷을 입은 채 애도하고 있는 거요.

웨스트멀랜드 아니! 이 꼴을 보고 있어야겠소? 그를 끌어 내립시다.

내 심장이 분노로 타고 있소. 더 이상 참을 수 없소이다.   60

헨리 왕 참으시오, 웨스트멀랜드 백작.

클리포드 참는 것은 저 자 같은 비겁한 자나 하는 거요.

당신 아버님[7]이 살아계셨다면 감히 저 자가 여기 앉아 있지 않았

을 거요.

존경하는 경들, 여기 이 의사당 안에서

요크 가 일족을 없애 버립시다.   65

노섬벌랜드 잘 이야기하였소, 경. 그럽시다.

헨리 왕 아, 시민들[8]이 그들을 지지하는 것을 모르시오?

---

6. 요크 공작

7. 헨리 5세

8. 런던 시민들을 말함. 『헨리 6세 2부』에서 왕비는 런던 시민이 헨리 왕을 지지한다고
   주장하지만 홀린세드와 홀의 역사서에 의하면 요크 공작이 런던에 너무도 많은 자기편

　　　　게다가 그들의 손짓 한 번에 몰려 올 병사들도 있지 않소?

엑스터　그러나 요크만 죽인다면 그들은 재빨리 도망갈 거요.

70　**헨리 왕**　나는 그럴 생각이 없소.

　　　　의사당을 도살장으로 만드는 것 말이오!

　　　　엑스터 경, 이 헨리가 쓰고자 하는 전술은

　　　　인상을 쓰고, 말을 하고 협박하는 거요.

　　　　너 역적 요크, 내 왕좌에서 내려와라.

75　　　그리고 내 발 밑에 무릎 꿇고 자비와 용서를 빌어라.

　　　　나는 너의 군주이다.

요크　내가 너의 군주다.

엑스터　몰염치하구나. 내려오라. 왕의 은덕으로 당신이 요크 공작이 되

　　　　지 않았는가.

요크　그것은 내가 상속받은 것이다. 백작령[9]처럼.

80　**엑스터**　네 아버지는 역적이었어.

워릭　엑스터, 너야말로 이 찬탈자 헨리를 따르는 역적이야.

클리포드　정당한 왕을 놔두고 누구를 따르겠는가?

워릭　맞소, 클리포드. 그게 바로 요크공 리처드요.

헨리 왕　그래서 네가 내 왕좌에 앉아 있고, 나는 서 있는 것이냐?

85　**요크**　그래야만 하고, 그렇게 되어야지. 그걸로 만족해라.

워릭　랑카스터 공작이나 되시오. 요크에게 왕위를 양위하고.

웨스트멀랜드　헨리는 왕이며 랑카스터 공작이다.

　　을 가지고 있어서 헨리 6세가 런던 가까이에서 요크와 싸우는 것을 두려워했다고 함.
9. 마치의 백작령을 말함.

이 점을 이 웨스트멀랜드가 주장하오.

워릭   나 워릭은 그것을 인정할 수 없다. 너희들은 잊었는가?

전장으로부터 너희들을 쫓아낸 자가 우리라는 것을.   90

그리고 너희들의 아버지를 죽이고, 깃발을 휘날리며

시내에서 성문까지 행진한 것을.

노섬벌랜드   그래, 워릭, 슬프게도 그 사실을 기억한다.

그래서 부친의 영혼에 맹세코, 너와 네 일당들은 그것을 후회하

게 될 거다.

웨스트멀랜드   플랜태지넷, 내가 너와 너의 아들들,   95

너의 친족과 너의 친구들 중의 그 누구보다도 많은 생명을 없앨

것이다.

내 아버지의 혈관에 있는 피 방울들보다 더 많이.

클리포드   입 다물어. 말 대신에 너 워릭에게 사자[10]를 보내서

내가 나서기도 전에,

내 부친의 죽음을 갚지 않도록 하려면 말이야.   100

워릭   불쌍한 클리포드, 네 하찮은 협박을 비웃을 수밖에!

요크   왕권에 대한 나의 권리를 보여주라는 건가?

그것이 아니라면 전장에서 검으로 항변하겠다.

헨리 왕   이 역적, 무슨 권리가 네게 있단 말이냐?

너의 아버지는 너처럼 요크 공작이다.   105

너의 조부는 마치 백작인 로저 모티머다.

나는 헨리 5세의 아들이고.

---

10. 신의 사자로서 종족을 전멸시키는 천사(Hebrews. 1.7)

프랑스 황태자와 프랑스인을 굴복시키고

그들의 도시와 지방을 점령한 그 헨리 5세 말이다.

110 **워릭** 프랑스 얘기는 꺼내지도 마시오. 당신이 모두 잃었으니.

헨리 왕 섭정관[11]이 잃은 거지 내가 잃은 게 아니다.

내가 왕관을 썼을 때는, 겨우 생후 9개월 째였어.

리처드 당신은 이제 나이들만큼 들었지만, 아직도 영토를 잃고 있는 게 아닌가.

아버님, 이 찬탈자의 머리에 있는 왕관을 벗겨 버리세요.

115 **에드워드** 아버님, 그렇게 하세요. 그 왕관을 아버님 머리 위에 쓰세요.

몬태규 형님, 전쟁을 좋아하고 명예롭게 여기는 만큼

싸워서 왕권을 쟁취하세요. 이처럼 시비 거는 것을 참지 마시고.

리처드 북을 치고 나팔을 불어라, 그러면 왕이 달아날 것이다.

요크 아들들아, 조용히!

120 **헨리 왕** 너도 조용해라. 왕인 내가 말 할 터이니.

워릭 플랜태지넷이 먼저 말할 것이다. 경들, 들으시오.

그리고 조용히 경청하시오.

방해하는 자는 살아 남지 못할 터이니.

헨리 왕 너희들은 내가 왕좌에서 물러날 것처럼 보이는가?

125 내 조부와 부친이 앉아있던 그 왕좌에서?

아니다, 그러기 전에 전쟁이 이 나라의 백성을 다 없앨 것이다.

아, 그리고 그 군기들, 프랑스에서 자주 휘날렸던 —

하지만 이제는 애통하게도 영국에서 날리고 있는 그 군기들이 —

나의 수의가 될 것이다. 왜 그렇게 두려워하고 있소, 경들?

---

11. 글로스터 공작인 험프리를 말함.

내 권리는 그의 것보다 훨씬 정당하고 월등하오.   130

워릭   헨리, 증명해봐라. 그러면 네가 왕이 될 것이다.

헨리 왕   헨리 4세가 정복을 통해서 왕관을 차지하였다.

요크   그것은 왕[12]에 대한 반역으로 얻은 것이었다.

헨리 왕   [방백] 무슨 말을 해야 할지 모르겠군. 내 권리를 주장하기에는
무리이니.
말해 보시오. 왕이 후계자를 채택할 수 있는지를?   135

요크   그렇게 할 수 있다면?

헨리 왕   그럴 수만 있다면, 내가 정당한 왕이다.
왜냐하면 리처드가 경들 모두가 보는 앞에서,
왕위를 헨리 4세에게 양위하였기 때문이다.
그의 상속자는 내 부친이고, 나는 그의 아들이다.   140

요크   그는 그의 군주인 리처드에 대항해서 봉기했다.
그리고 그의 왕위를 강제로 양위하게 했어.

워릭   경들, 설령 리처드가 자유로이 왕위를 양위하였다 하더라도
그것이 리처드의 후손에게 불리한 것은 아니잖소?[13]

엑스터   그렇소. 리처드의 후손이 계승하고 통치하지 않는다면   145
그가 그렇게 왕권을 양위할리는 없었을 테니까요.

헨리 왕   엑스터 공작, 우리에게 등 돌리는 거요?

엑스터   워릭의 말이 맞습니다. 용서하세요.

---

12. 리처드 2세
13. 리처드가 왕권을 자의로 양위했든 또는 타의에 의해서든지 상관없이 리처드의 후
손이 왕위계승권에 대한 권리를 가진다는 의미.

요크 경들, 왜 속삭이는 거요? 대답은 하지 않고.

150 **엑스터** 내 양심은 그가 정당한 왕이라고 말하오.

헨리 왕 [방백] 모두 내게서 돌아서서 그에게로 향하는구나.

노섬벌랜드 플랜태지넷, 당신이 어떤 권리를 주장해도 좋지만

헨리 왕이 퇴위하리라곤 생각하지 마시오.

워릭 어찌되었든, 그는 폐위될 것이다.

155 **노섬벌랜드** 워릭, 너는 잘못 알고 있는 것이다. 에섹스, 노포크, 서포크의

남부 병력도 켄트의 병력도

내가 있는 한 공작을 왕위에 세울 수는 없다.

너는 그 병력을 믿고 오만불손하게 굴고 있지만.

클리포드 헨리 왕, 왕권이 정당하든 아니든,

160 나 클리포드 경은 당신을 지키기 위해 싸울 것을 맹세하오.

대지가 입을 벌리고 나를 산 채로 삼키기를,

내 부친을 죽인 그에게 무릎을 꿇을 경우에는.

헨리 왕 오, 클리포드, 경의 말이 얼마나 내 심장을 소생시키는지.

요크 랑카스터의 헨리, 네 왕관을 양도하라.

165 뭐라고 중얼대는가, 아니면 무엇을 획책하는 거지, 경들?

워릭 이 위대한 요크 공작에게 왕권을 돌려주어라.

그렇지 않으면 이 의사당을 무장한 병사로 채워서

그가 앉아 있는 왕좌 위에

찬탈자의 피[14]로 요크 공의 권리를 써놓겠다.

---

14. 헨리 왕의 피

그가 발을 구르자 요크 휘하의 대장과 병사들이 등장

헨리 왕 워릭 경, 한 마디만 들어보오.   170

　　　내 생애 동안만 왕으로 군림하게 해주오.

요크 나와 내 후손에게 왕권을 확실히 해라.

　　　그러면 당신이 살아 있는 동안 조용히 군림하게 해주겠다.

헨리 왕 여기서 병사들을 내보내시오. 그러면 내 그리할 터이니.

워릭 대장, 병사들을 터틀 필즈로 데려 가시오.   175

　　　　　　　　　　　　　　　　　　대장과 요크의 병사들이 퇴장

헨리 왕 좋소, 리처드 플랜태지넷.

　　　내가 죽은 후에 왕권을 누리시오.

클리포드 당신 아들인 왕자에게 이런 큰 잘못을 저지르다니!

워릭 영국과 그 자신을 위해 얼마나 좋은 일이냐!

웨스트멀랜드 비굴하고 비겁하고 한심한 헨리.   180

클리포드 당신 자신에게도 그렇고 우리에게도 이 얼마나 불명예스러운

　　　일이오.

웨스트멀랜드 이 계약을 더 이상 듣지 못하겠소.

노섬벌랜드 나도 마찬가지요.

클리포드 자, 경, 왕비에게 이 소식을 알립시다.

웨스트멀랜드 잘 있으시오, 겁 많고 타락한 왕.   185

　　　왕의 차디 찬 피 속에 명예심이라곤 티끌만큼도 깃들지 않았구나.

　　　　　　　　　　　　　　　　　　　　　　　　　　　　[퇴장]

노섬벌랜드   요크가의 먹이나 되시오.

그리고 이 비겁한 행위 속에서 죽으시오.   [퇴장]

클리포드   참담한 전쟁에서 패하거나

190   평화 시에는 버림받고 경멸받으면서 살기를!   [퇴장]

워릭   이쪽을 보시오, 헨리. 저들을 무시하시오.

엑스터   저들은 복수를 하고자 하니 포기하지 않을 거요.

헨리 왕   아, 엑스터!

워릭   왜 한숨 쉬십니까, 전하?

195   **헨리 왕**   나 자신 때문이 아니오, 워릭 경. 하지만 내 아들,

그를 내가 자연법에 어긋나게도 상속권을 박탈하였소.

그렇지만 별 도리가 없지. [요크에게] 내 여기 왕권을

그대와 그대 후손에게 대대로 양도하노라.

단, 그 조건으로, 그대는 여기서 맹세를 하라.

200   이 내란을 종식할 것을, 그리고 내가 살아 있는 한,

나를 그대의 왕과 군주로 섬기기를.

그리고 반역행위를 하거나 적개심을 품고

나를 왕위에서 내 쫓고서 그대 자신이 지배하지 않기를.

요크   기꺼이 맹세하며 그대로 이행하겠나이다.

205   **워릭**   헨리 왕 만세! 플랜태지넷, 왕을 포옹하시오.

요크가 다가와서 왕을 포옹한다.

헨리 왕   그대와 그대의 기개 있는 아들들이 만수무강하기를!

요크   이제 요크 집안과 랑카스터 집안은 화해하였다.

엑스터 그들을 원수로 만드는 자는 저주 받을지어다!

나팔소리. 요크의 일행이 내려온다.

요크 안녕히, 자비로운 폐하. 저는 저의 성으로 물러납니다.

요크와 그의 아들이 병사들과 함께 퇴장

워릭 저는 제 병사들과 함께 런던에 있겠습니다.   210

병사와 함께 퇴장

노포크 저도 제 일행과 함께 노포크로 가겠습니다.

병사와 함께 퇴장

몬태규 저는 제가 온 바다로요.

병사와 함께 퇴장

헨리 왕 나는 슬픔과 비통함을 안고 내 궁전으로 가련다.

헨리 왕과 엑스터는 떠나려고 돌아선다.

마가렛 왕비와 에드워드 왕자 등장

엑스터 저기 왕비가 오십니다. 얼굴에 화가 가득하시군요.
저는 슬그머니 피해야 할 것 같습니다.   215

헨리 왕 엑스터, 나도 그래야겠네.

마가렛 안되오, 가지 마시오. 내가 쫓아가겠어요.

헨리 왕 참으시오, 다정한 왕비. 내가 여기 있겠소.

마가렛 이런 가혹한 일에 누가 참을 수 있겠어요?

220 아, 비열한 인간. 내가 처녀로 죽고

당신을 만나지 않았더라면, 당신 아들을 잉태하지 않았더라면.

아버지답지 않음을 증명해 보이는 이런 행위를 보아야 하다니!

그가 생득권을 잃어야 하나요?

당신이 이 애를 사랑하기를 내가 사랑하는 것의 반이라도 했다면

225 아니면 내가 한때 이 애 때문에 느낀 고통을 느껴 봤던지

아니면 나처럼 내 피로 이 애를 길러봤다면

그럼 당신의 그 귀한 심장의 피를 왕좌에 두고 왔을 거예요.

그 야만인 공작이 당신의 계승자이며 유일한 아들의 상속권을

박탈하게 하느니.

230 **에드워드 왕자** 아버지, 아버지는 저의 왕위계승권을 박탈 못하십니다.

아버지가 왕이신데, 왜 제가 계승 못합니까?

헨리 왕 용서하시오, 마가렛. 용서하거라, 사랑하는 아들아.

워릭 백작과 요크 공작이 나에게 강압했단다.

마가렛 강압이라니요! 당신이 왕인데 강압당해요?

235 당신이 말하는 것을 듣는 것도 부끄러워요. 아, 소심한 인간,

당신은 당신 자신과 아들뿐만 아니라 내 명예도 저버렸어요.

그리고 요크가에게 그런 여지를 주었어요.

그들의 승인 없이는 통치도 못하도록요.

그와 그 아들들에게 왕권을 양도하다니.

이게 무엇이겠어요? 스스로 무덤을 파서 240

죽기도 전에 그 속으로 기어들어가는 것이 아니라면?

워릭은 대법관이자 칼레 영주이고

잔혹한 펠콘브릿지는 도버해협을 지배해요.

요크공작은 이 나라의 섭정이고요.

그런데 당신이 안전해요? 그런 안전은 245

늑대에 둘러싸여 벌벌 떠는 양들도 가질 수 있는 거예요.

내가 거기 있었더라면, 내 비록 어리석은 여자이지만,

병사들이 그들의 미늘창을 내게 대고 휘둘러야 했을 것이에요.

내게 그러한 짓거리를 하도록 내버려 두려면 말이에요.

하지만 당신은 당신 명예보다 당신 생명을 택했어요. 250

당신이 한 짓 때문에, 이제 나는 당신과

식사도 잠자리도 같이 하지 않겠어요.

의회에서의 그 소행을 철회할 때까지요.

거기서 내 아들이 계승권을 박탈당했으니 말이에요.

당신의 군기에 대한 맹세를 저버린 북방의 귀족들은 255

내 군기를 따를 것이에요. 내 군기가 휘날리는 것을 보기만 한다
  면요.

그리고 그 군기는 휘날릴 거예요. 당신에게 치욕스럽게도요.

그리고 요크가의 몰락을 공표할거예요!

그러니 이제 저는 당신을 떠나갑니다. 자, 아들아, 가자꾸나.

우리 군대가 준비되었다. 가자, 그들을 뒤따라가야지. 260

헨리 왕 멈추시오, 온화한 마가렛. 내가 하는 말 좀 들어보오.

마가렛 당신은 이미 충분히 말했어요. 가세요.

헨리 왕 착한 아들 에드워드, 너는 나하고 있어 주겠지?

마가렛 아, 적들에게 살해당하려고요.

265 **에드워드 왕자** 제가 전투에서 승리하고 돌아오면
　　　　　　아버님을 뵙겠습니다. 그때까지는 어머니를 따르겠습니다.

마가렛 자, 아들아, 가자. 더 이상 꾸물거리지 말아야지.

　　　　　　　　　　　　　　　　　　　에드워드 왕자와 퇴장

헨리 왕 불쌍한 왕비! 나에 대한 사랑과 아들을 향한 사랑 때문에
　　　　　　격분하는구나.

270　　　그 적개심에 찬 공작이 그녀에게 복수할 지도 모르는데.
　　　　　욕망으로 날개를 단 그의 거만한 영혼이
　　　　　내 왕관을 뺏고, 배고픈 독수리처럼,
　　　　　내 살과 내 아들의 살을 탐욕스럽게 찢는구나.
　　　　　귀족 세 명¹⁵을 잃다니 내 가슴이 찢어진다.

275　　　그들에게 편지를 써서 간청해 봐야지.
　　　　　갑시다, 경. 그대가 전령이 되어 주시오.

엑스터 제가, 바라건대, 그들 모두를 돌아오게 하였으면 합니다.

　　　　　　　　　　　　　　　　　　　나팔소리. 모두 퇴장

───────────────

15. 왕권을 저항 없이 양위하는 헨리 왕에 대한 혐오감으로 헨리 왕을 떠난 노섬벌랜
　　드, 웨스트멀런드, 클리포드를 말함.

2장

리처드, 에드워드[마치 백작], 그리고 몬태규 후작 등장

리처드 형님, 제가 비록 제일 어리지만 제게 맡겨주세요.

에드워드 안 돼, 내가 말을 더 잘 할 수 있어.

몬태규 하지만 내가 더 강력하고 효과적인 이유를 댈 수 있소.

요크 공작 등장

요크   아들들과 동생, 왜 그렇게 언쟁을 벌이고 있느냐?

      왜 그러는 거냐? 언쟁의 발단이 무엇이냐?   5

에드워드 언쟁하는 것이 아니고 그냥 사소한 의견 차이입니다.

요크   뭐에 대해서?

리처드 아버님과 우리가 염려하고 있는 것입니다.

      영국의 왕관말입니다, 아버님, 우리들의 것인.

요크   내 것 말이냐, 얘야? 헨리 왕이 죽을 때까지는 아니지.   10

리처드 아버님의 권리는 헨리의 생사에 달려있는 것이 아닙니다.

에드워드 이제 아버님이 계승자입니다. 그러니 이제 왕권을 누리십시오.

      랑카스터가에게 숨 쉴 여유를 준다면

      아버님, 종국에는 왕권을 놓쳐버릴 거예요.

요크   나는 맹세를 했는걸. 헨리가 조용히 통치할 수 있게.   15

에드워드 하지만 왕국이 주어진다면 어떤 맹세도 깰 수 있습니다.

저 같으면 단 일 년을 통치하기 위해서라면 천 번의 맹세도 깨겠습니다.

리처드 안 됩니다. 아버님이 서약을 깨는 짓은 신의 뜻에 어긋난 것입니다.

요크 그럴 테지. 내가 공공연한 전쟁으로 왕권을 주장한다면.

20 **리처드** 제 이야기를 들어주신다면, 그것이 그렇지도 않다는 것을 증명해 보겠습니다.

요크 얘야, 그럴 수 없다. 그건 불가능한 거야.

리처드 맹세가 중요하지 않습니다.

맹세하는 자에 대해 권위를 가지고 있는

정당하고 합법적인 통치자 앞에서 한 것이 아니라면요.

헨리는 그런 권위를 가지고 있지 않습니다. 그 자리를 찬탈했을

25 뿐이니까요.

따라서 아버님을 맹세하게 한 사람이 헨리이기 때문에

아버님의 맹세는 무효이며 충분하지 않습니다.

그러니까 전쟁을 일으키십시오! 그리고 아버님, 다른 생각은 마시고

왕관을 쓰는 게 얼마나 좋은 일이지만을 생각하십시오.

30 왕관의 둘레 안에 낙원이 있습니다.

시인들이 상상하는 지복과 기쁨의 그 모든 것이 그 안에 있습니다.

그렇다면 왜 망설이십니까? 저는 그냥 있을 수 없습니다.

제가 착용하고 있는 흰 장미가 물들기까지는요.

헨리의 심장에서 나온 미지근한 피로 인해서일지라도요.

35 **요크** 리처드, 그만해라. 왕이 되든지 죽든지 할 터이니.

[몬태규에게] 동생, 너는 런던으로 속히 가서

워릭이 이것을 기획하도록 부추겨라.

너, 리처드, 노포크의 공작에게 가서

우리 의도를 비밀리에 말해라.

너, 에드워드, 코브햄 경에게 가라.   40

캔트 사람들이 그와 함께 기꺼이 봉기할 것이다.

나는 그들을 신뢰한다. 그들은

현명하며, 예의바르며, 신사적이며, 기개가 넘치는 용사들이거든.

네가 그 일을 수행하는 동안, 남은 일은

거사할 기회를 엿보는 것뿐이다.   45

그리고 왕도 랑카스터 가의 누구도

이 계획을 눈치 채게 해서는 안 되겠지?

전령 등장

멈춰라. 무슨 일이냐? 왜 그렇게 급히 달려왔느냐?

전령 왕비가 북방 귀족들과 함께

이곳 성에 있는 요크 공을 포위하려고 하고 있습니다.   50

왕비는 이만 대군의 힘을 입어 기세등등합니다.

그러니 요새를 견고히 하십시오.

요크 알았다. 이 검으로. 뭐, 우리가 두려워할 줄 아느냐?

에드워드와 리처드, 너희들은 나와 함께 있어라.

동생 몬태규는 런던으로 급히 가거라.   55

워릭, 코브햄, 그리고 나머지 사람들은

왕의 감시자로 남겨놓을 터이니

그럴싸한 계책으로 처신을 잘하라고 시켜라.

어리석은 헨리나 그의 서약을 믿지 말라고도 하고.

60 **몬태규** 형님, 저는 갑니다. 내가 그들을 그렇게 할 테니, 염려 마십시오.

그럼 저는 공손히 물러나겠습니다.

존 모티머 경과 그의 형제 휴 모티머 경 등장

요크 존 모티머 경 그리고 휴 모티머 경, 내 숙부님들,

때 맞춰 잘 오셨습니다.

왕비의 군대가 우리를 공격하려고 하고 있습니다.

존 경 왕비가 그럴 수는 없을 것이다. 우리가 전장에서 그녀를 맞이할

65 터이니.

요크 뭐요, 오천 명을 가지고?

리처드 그래요, 단 오백 명이라도요, 아버님. 필요하다면요.

여자가 적장인데, 우리가 뭘 두려워하겠어요?

먼 데서 진군 소리

에드워드 그들의 북소리가 들려요. 우리 병사도 대오를 정비해서

70 앞으로 나가게 하고 바로 전투하도록 명령을 내리십시오.

요크 오 천 명대 이 만 명이라! 수적 차이가 크더라도,

의심하지 않습니다, 숙부님. 우리의 승리를요.

제가 프랑스에서 수많은 전투에서 승리했는데

적이 십 대 일인 적도 있었어요.

그렇다면 지금 왜 승리할 수 없겠어요? ⁷⁵

경보. 모두 퇴장

3장

15

긴박한 나팔소리 그리고 럿랜드 백작과 그의 가정교사 등장

럿랜드 아, 어디로 달아나야 그들 수중에서 벗어나지?

클리포드와 병사들 등장

아, 선생님, 저기 잔학한 클리포드가 옵니다.

클리포드 사제는 저리가라! 성직자이니 살려준다.

저주받은 공작의 자식 놈으로 말하자면

5 이 애의 부친이 내 부친을 살해했으니, 죽어 마땅하다.

가정교사 그럼, 나도 이 애와 죽음 길을 동행하겠소.

클리포드 병사들, 이 자를 쫓아버려라!

가정교사 아, 클리포드, 아무 죄 없는 이 아이를 죽이지 마오.

신과 인간의 증오를 받지 않으려면!

병사들에 의해 끌려서 퇴장

10 **클리포드** 아니, 어째 벌써 죽었나? 아니면 겁 때문에

눈을 감았나? 내가 눈 뜨게 하지.

럿랜드 우리에 갇혀 있던 사자가 자기의 무서운 발톱 밑에서 떨고 있는

불쌍한 먹이를 보듯이 보는군.

그리고 그렇게 걷는군. 먹이에다 대고 오만하게 의기양양해 하며,

그리고 그렇게 오는군. 그의 사지를 갈기갈기 찢으려고.

아, 친절한 클리포드여, 나를 그대의 검으로 죽이세요.

그렇게 잔인하게 협박하는 모습을 하지 말고서.

선한 클리포드, 내가 죽기 전에 내 말 좀 들어 보세요.

당신의 분노를 사기에는 저는 너무도 보잘 것 없는 상대예요.

복수는 어른에게 하고, 저는 그냥 살려 주세요.   20

클리포드 말해봐야 소용없다, 가련한 놈. 내 아버지의 피가

너의 말이 들어갈 통로를 막아버렸어.

럿랜드 그럼 내 아버지의 피로 그것을 다시 열면 되지 않아요.

그는 어른이니, 클리포드, 그와 대결하세요.

클리포드 네 형제가 여기 있어서, 그들을 죽이고 너를 죽이더라도   25

충분한 복수가 되지 못한다.

아니, 내가 네 조상의 무덤을 파고

그들의 썩은 관을 쇠줄에 달아 매단다 해도,

내 분노를 달랠 수 없고 내 마음을 편안히 할 수도 없다.

요크가의 어느 누구를 보기만 해도   30

내 영혼이 분노로 고통 받는다.

내가 그 저주받을 집안을 뿌리 뽑고

단 한 놈도 살려두지 않을 때까지는, 나는 지옥에서 사는 것이다.

그러니―   [그의 손을 든다.]

럿랜드 내가 죽기 전에 기도하게 해주세요!   35

[무릎을 꿇는다.] 당신에게 기도할 터이니, 선한 클리포드, 저를 불

쌍히 여기세요!

클리포드 그런 동정은 내 검 끝으로 베푸마.

럿랜드 저는 당신을 한 번도 해롭게 하지 않았어요. 왜 저를 죽이시려는 거예요?

클리포드 네 아버지가 했으니까.

럿랜드 하지만 그것은 제가 태어나기 전이예요.

당신도 아들이 하나 있잖아요. 그를 위해서라도 저를 불쌍히 여기세요.

40

복수를 받지 않도록요. 하느님은 정의로우시니까요.

그도 저처럼 불쌍하게 죽을 테니까요.

아, 죽을 때까지 감옥에서 살게 해주세요.

그리고 내가 잘못을 저질렀을 때

45

저를 죽이세요. 지금 당신은 어떠한 명분도 없으니까요.

클리포드 명분이 없어?

네 아버지가 내 아버지를 죽였어, 그러니 죽어야지.   [그를 찌른다.]

럿랜드 이것이 너의 영광의 절정이 되게 하라!   [죽는다.]

클리포드 플랜태지넷,[16] 내가 간다, 플랜태지넷!

50

내 검에 묻어 있는 네 아들의 피가

네 피와 함께 응고하여

너의 부자의 피를 내가 씻어버릴 때까지,

네 아들의 피가 여기서 녹슬고 있을 것이다.

퇴장 [럿랜드의 시체와 함께]

---

16. 요크공작을 말함.

4장

긴박한 나팔소리. 리처드, 요크공작 등장

요크 왕비의 군대가 승리했고,
숙부님 두 분 다 나를 구하다가 살해당했지.
그리고 내 추종자들은 맹렬한 적의 공격에
등을 돌리고 도망쳤다. 바람 앞의 배처럼,
굶주림에 여윈 늑대에게 쫓기는 양처럼.   5
내 아들들아, 너희들에게 무슨 일이 생겼는지 신만이 아시겠지만,
나는 이것만은 안다. 너희들이 생사에 관계없이 명예롭게 태어난
   사람처럼
행동했다는 것을.
리처드는 세 번이나 내 길을 터주었고
세 번이나 소리쳤다. '용기를 내세요, 아버님, 싸우세요!'   10
그리고 에드워드도 올 수 있는 만큼 내 옆에 왔지.
그와 맞닥뜨린 자들의 피로서
칼자루에까지 붉게 물든 검을 들고.
그리고 가장 용감한 용사들이 후퇴할 때도,
리처드는 소리쳤다. '돌격, 한 발짝도 물러서지 마라!'   15
그리고 또 소리쳤다. '왕관을, 아니면 영예로운 죽음을
왕 홀을, 아니면 지하의 무덤을'이라고!

이렇게 하면서 우리는 다시 진격했다. 그러나, 아,

우리는 다시 물러서고 말았다—마치

20 물결을 거슬려 헛되이 헤엄치다가

세찬 물결에 힘이 다 빠져버린 백조를 보는 것 같았다.

안에서 짧은 경보

아, 들어라! 나를 죽일 적군이 추격해 오는구나.

그런데 나는 기력이 없어서 저들의 맹렬함을 피할 수가 없도다.

내가 강하다면, 저들의 맹렬함을 피하지 않을 텐데.

25 내 생명을 이루는 모래들을 셀 수가 있구나.

나는 여기에 남아서 내 생애를 마칠 수밖에 없겠구나.

마가렛 왕비, 클리포드, 노섬벌랜드, 에드워드 왕자 그리고 병사들 입장

이리 와라, 이 잔악무도한 클리포드, 포악한 노섬벌랜드.

너희의 꺼질 줄 모르는 분노를 더 부채질 하노니,

나는 너희의 과녁이니 너희 화살을 맞아주마.

30 **노섬벌랜드** 우리의 자비나 빌어라, 이 오만한 플랜태지넷.

클리포드 맞아, 저 자의 무자비한 팔이 내 아버지를 향해 내려쳤던

딱 그 만큼의 자비 말이지.

그때 파에톤이 태양신의 수레에서 굴러 떨어져

정오를 가리키는 해시계의 눈금을 저녁으로 만들었지.

35 **요크** 불사조[17]처럼, 나의 재 속에서

저자들 모두를 복수할 수 있는 새가 태어날 것이다.

그리고 그런 희망을 품고서 하늘에 내 시선을 던진다.

너희들이 나를 아무리 괴롭힐지라도 비웃으면서.

왜 덤비지 않는 거냐? 이봐, 무리로 있으면서도 무서운가?

클리포드 겁쟁이들은 더 이상 도망갈 수 없을 때 싸우는 법이다.   40

비둘기는 매의 날카로운 발톱을 부리로 쪼고,

살 수 있다는 희망을 모두 잃어 자포자기한 죄수들은

간수한테 대놓고 욕설을 퍼붓지.

요크 오, 클리포드, 너 자신을 다시 한 번 생각해봐라.

그리고 그 생각 속에서 이전의 너를 상기해봐라.   45

그러고도 네가 부끄럽지 않다면, 이 얼굴을 봐라.

인상만 써도 네가 혼비백산했던 달아났던.

그리고 나를 겁쟁이라고 중상하는 네 입을 닥쳐라.

클리포드 더 이상 말로 말을 갚지 않겠다. 한 판 붙어보자,

검 한 대에 검 두 대씩 두 번 연속 공격할 터이니. [칼을 빼다.]   50

마가렛 멈추세요, 용맹한 클리포드. 천 가지의 이유로

저 역적의 목숨을 연장해야겠어요.

격분해서 안 들리나 보오. 노섬벌랜드, 말해 봐요.

노섬벌랜드 멈추시오, 클리포드. 저 자의 심장을 찌른다 해도

당신 손가락 하나라도 다친다면 저 자에겐 영광이오.   55

그걸 무슨 용기라고 하겠소? 잡종개가 으르렁거릴 때

---

17. phoenix: 아라비아에 산다고 하는 가공의 새. 매 500년마다 자신의 재에서 다시 태어남.

발로 차버리면 될 것을

굳이 이빨 사이에 손을 집어넣는다면.

전쟁 시에는 모든 기회를 이용해야 되지 않겠소?

60 　　열 명이 한 명을 공격해도 치욕이 되지 않으니까.

그들은 덤벼들어서 요크를 붙잡는다. 요크 몸부림친다.

클리포드　그래, 그래, 덫에 걸린 도요새처럼 몸부림치는구나.

노섬벌랜드　그물망에 걸린 토끼도 이렇게 몸부림치지.

요크　강탈한 물건을 두고 기뻐 날뛰는 도둑같구나.

　　덕 있는 자도 도적에게 힘이 달리면 굴복하는 법.

칼을 떨어뜨린다.

65 **노섬벌랜드**　왕비 전하께서는 이제 저 자를 어쩌시렵니까?

마가렛　용감한 전사들, 클리포드와 노섬벌랜드여.

　　여기 두더지가 만들어 놓은 흙 두둑 위에 저 자를 세우세요.

　　두 팔을 뻗어 산을 잡으려고 했으나

　　손으로 그림자만 잡은 자.

70 　　이봐, 영국의 왕이 되려고 했던 자가 그대인가?

　　의사당 안에서 흥청대고

　　혈통 자랑을 늘어놓은 게 너더냐?

　　너를 지지하는 네 명의 아들들은 어디에 있는 거냐?

　　방종한 에드워드와 바람둥이 조지는?

그리고 용감한 곱사등이 괴물은 어디에 있는 거냐?   75

투덜거리는 목소리로

반란 중에 제 애비의 사기를 부추기곤 했던 그 병신 아들 말이야.

그 외에, 당신 귀염둥이, 럿랜드는?

이봐, 요크, 나는 이 손수건을 피로 물들였어.

용감한 클리포드가 검 끝으로   80

그 아이 가슴에서 나오게 한 그 피로 말이야.

그리고 네 눈에서 그 애 죽음 때문에 눈물이 난다면

이 손수건을 주겠으니 뺨을 닦아라.

                        손수건을 그에게 던진다.

아, 불쌍한 요크, 내가 너를 지독히 증오하지 않는다면

그대의 비참한 처지를 슬퍼할 텐데.   85

제발 나를 기쁘게 하기 위해 비통해 봐, 요크.

이봐, 네 심장이 모두 불에 타

아들의 죽음에도 눈물 한 방울 떨어지지 않는 거냐?

왜 그렇게 조용히 있는 거냐, 이 사람아. 미쳐 날뛰어야 되는 게

　아닌가?

너를 미치게 만들려고 이렇게 조롱하고 있는데.   90

두 발을 구르고, 소리 지르고, 안달복달 해 봐. 내가 노래 부르고

　춤추게.

알겠어, 나를 기쁘게 하려면 돈을 받아야 되는 모양이지?

요크는 왕관을 쓰지 않는 한 말을 할 수 없다 이거군.

요크를 위해 왕관을! 그리고, 경들, 고개 숙여 그에게 절하세요.
95   내가 왕관을 씌우는 동안 그 자의 손을 붙들고 계세요.

종이 왕관을 그의 머리 위에 씌운다.

저런, 그렇지, 이제야 왕처럼 보이네!
이 자가 바로 헨리 왕의 왕좌를 차지한 자다.
그리고 이 자가 바로 헨리 왕이 양자로 들인 계승자다.
그런데 위대하신 플랜태지넷,
100   어찌하여 이렇게 빨리 즉위하고 엄숙한 맹세를 깨뜨렸을까?
내가 생각해보건대, 너는 왕이 되어서는 안되는 게 아닌가.
우리 헨리 왕이 죽음을 만나게 될 때까지는.
그런데도 너는 헨리의 영광으로 네 머리를 두르고
그의 관자놀이에서 왕관을 뺏으려고 했단 말인가,
105   그래, 네 신성한 맹세를 거스리고, 그의 생전에?
아, 이것은 너무도 너무도 용서할 수 없는 죄이다.
왕관을 벗겨라. 왕관과 함께 그 자의 목도 쳐라.
우리가 숨 한 번 쉴 동안 이 자를 죽여라.

클리포드 제 아버님을 위해서 그 일은 제가 맡겠습니다.
110 **마가렛** 아니, 기다려요. 저 자의 기도소리를 들어봅시다.
요크 프랑스의 암늑대, 아니 프랑스의 암 늑대보다 더 나쁜 여자,
너의 혀는 독사의 혀보다 더 독을 품고 있다.
너를 여자라고 할 수가 없구나.
아마존 여 전사 매춘부처럼 기뻐 날뛰다니

불운한 자들의 재난에 대고서!   115

하지만 가면을 쓴 것처럼 네 얼굴은 변하지 않는구나.[18]

사악한 행위에도 부끄러워 할 줄 모르니.

내가 너 오만한 왕비의 얼굴을 붉게 만들겠다.

네 근원과 혈통을 말하기만 해도

네가 아무리 수치심이 없기로서니,

부끄러워하고도 남을 것이다.   120

네 아비가 나폴리 왕이며

시실리와 예루살렘의 왕관을 가졌다고 하지만

그래 봐야 영국의 소작농만큼도 부유하지 않다.

그 가난뱅이 왕이 네게 모욕하는 것을 가르쳤더냐?

이 오만한 왕비야, 그럴 필요도 없고, 그래 봐야 소용없다.   125

거지가 말에 오르면 말이 기진맥진할 때까지 달리게 한다는 속담을

입증할 필요가 있다면 몰라도.

미모는 여자들을 종종 오만하게 만든다고 하지만

네가 타고난 미의 몫은 맹세코 조금밖에 되지 않는구나.

여자를 찬미하게 하는 것은 미덕인데   130

너는 그 반대이니 사람들이 놀랄 따름이다.

여자들을 신성하게 만드는 것은 절제인데

너는 그러지 않으니 혐오스럽구나.

지구의 반대편에 사는 사람처럼   135

북쪽과 남쪽처럼

---

18. 마스크처럼 표정이 없다는 뜻이지만, 가면을 쓰는 매춘부의 습관을 암시하기도 함.

너는 모든 선의 반대쪽에 있다.

아, 여자의 가죽으로 싼 호랑이의 심장,

어린애의 생피를 짜서 그것으로

그 애 아비의 눈을 닦으라고 명할 수 있느냐?

140 그러고도 여자의 얼굴로 보이겠느냐?

여자는 부드럽고, 상냥하며, 동정심 많고, 온순하다.

너는 완고하고, 냉혹하며, 난폭하고, 피도 눈물도 없고 무자비하다.

나더러 미치라고 명했겠다? 그래, 이제 너 소원대로 해주마.

나보고 울어보라고? 그래, 이제 네 뜻대로 되었다.

145 미칠 듯한 바람은 그칠 새 없이 소나기를 일으키지만

그 광란이 가라앉으면, 비가 시작되지.

이 눈물은 내 귀여운 럿랜드의 장례식이다.

그리고 눈물방울 하나하나가 내 아들의 죽음에 대한 복수를 외치
고 있다.

너에게, 잔혹한 클리포드, 그리고 너, 못된 프랑스여자에게.

노섬벌랜드 제기랄, 저 자의 격렬한 슬픔이 내 마음을 자극해서

150 내 눈의 눈물을 억제할 수 없게 하는구나.

요크 굶주린 식인종도 그 애의 얼굴을

건드리려고 하지 않았을 것이다. 피를 묻히려고 하지도 않았을
것이다.

그러나 너는 더 잔인하며, 더 무자비하다.

155 아, 열 배나 더―히르카니아[19]의 호랑이보다도.

---

19. 카스피 해 해변 남쪽에 있는 지방

보아라, 이 잔인한 왕비야. 불운한 아버지의 눈물을,

네가 내 착한 애의 피로 적신 이 헝겊을,

내 눈물로서 그 피를 씻어낸다.

이 손수건을 잘 간수해두고 자랑거리로 삼아라.

네가 이 슬픈 이야기를 그대로 전한다면,   160

맹세코, 듣는 이들이 눈물을 흘릴 것이다.

암, 나의 적조차도 주저 없이 눈물 흘리리라.

그리고 말하리라, '아, 애처로운 일이었다!'라고.

자, 왕관을 가져라. 그 왕관과 함께 나의 저주도.

그리고 너희들이 곤경에 빠지게 될 때 너희들에게 올 위로가   165

지금 내가 거두고 있는 것처럼 잔인한 처사가 되기를.

냉혹한 클리포드, 나를 이 세상에서 데려가라.

내 영혼은 천국으로, 내 피는 너희 머리 위에.

노섬벌랜드 그가 내 친척을 다 살육했다 할지라도

그와 함께 울지 않을 수 없군. 내 목숨이 걸려 있더라도.   170

내면의 슬픔이 그의 영혼을 사로잡는 것을 보자니.

마가렛 뭐요, 울려고 하는 거요? 노섬벌랜드 경,

그가 우리 모두에게 한 잔인한 짓만을 생각해요.

그럼 경의 흐르는 눈물도 금방 마를 테니.

클리포드 이것은 나의 맹세를 위해서, 이것은 내 아버님의 죽음을 위해서.   175

그를 찌르면서

마가렛 그리고 이것은 선량한 왕의 복수를 위해.

요크 자비로운 신이시여, 자비의 문을 열어 주소서.

내 영혼이 이 상처들을 통해 당신을 찾아 날아갑니다. [죽는다.]

마가렛 그 자의 목을 쳐서 요크 시의 성문에 걸어놓아라.

180 요크가 요크 시를 내려다볼 수 있게.

나팔소리. 모두 퇴장

2막

1장

행진곡. 마치 백작 에드워드, 리처드가 고수와 병사와 함께 등장

에드워드 아버님께선 어떻게 피하셨는지,

클리포드와 노섬벌랜드의 추격으로부터

피하셨는지 그러지 못하셨는지 모르겠구나.

아버지가 붙잡혔다면, 그 소식을 들었을 텐데,

5   만약 아버지가 살해 당하셨더라도, 소식을 들었을 텐데,

피신했다 해도, 소식을 들었을 텐데,

무사히 탈출했다는 반가운 소식을.

동생은 왜 그러는가? 왜 그렇게 슬퍼하지?

리처드 용맹하신 아버님이 어디에 계신지를

10   알기까지는 즐거워할 수 없어요.

아버지가 전장에서 누비시는 것을 봤고

클리포드를 추적하는 것을 지켜보았어요.

아버지는 수많은 적군 속에서 싸우셨어요.

소떼 속의 사자처럼,

15   개들에 둘러싸인 곰처럼,

곰이 개 몇 마리를 때려서 깽깽거리게 해놓으면

나머지는 멀리 서서 짖기만 할 뿐인데,

아버지가 적들을 꼭 그렇게 다루시자

적들은 용맹한 아버지로부터 달아났어요.

내가 그 분의 아들인 것이 명예스러워요. 20

태양 세 개가 하늘에 나타난다.

보세요. 아침이 황금 문을 열고

빛나는 태양에게 인사하는 걸요.

마치 한창 때의 청년이 멋쟁이처럼 차려 입고

연인에게 겅충거리며 뛰어가는 것 같지 않나요!

에드워드 내 눈이 부신건가, 아니면 태양이 세 개로 보이는 건가? 25

리처드 찬란한 태양이 세 개, 하나 하나가 완전한 태양이네.

떠도는 구름 때문에 갈라져 있는 게 아니라

밝고 맑게 갠 하늘에 하나씩 떨어져 있어.

보세요, 보세요! 저 태양 세 개가 결합해서 포옹하며 입맞춤하는

것 같아요.

마치 깨지지 않는 동맹을 맹세하는 것처럼. 30

이제 그들이 하나의 등불, 하나의 빛, 하나의 태양이네.

이런 현상은 하늘이 어떤 사건을 계시하는 거예요.

에드워드 정말 놀랍고도 신기하구나. 여태 이런 일을 들어본 적도 없는

것 같은데.

형제들, 우리더러 전쟁터에 나가라는 징조인 것 같아.

우리, 용맹한 플랜태지넷의 아들들, 35

각자가 이미 무공에 빛나지만

우리 빛들을 모아서 태양이 온 누리를 비추는 것처럼

우리도 지상을 환하게 비추라는 것이 아닐까.

그게 무슨 징조든 간에 앞으로는

40   내 방패에 밝게 빛나는 별 세 개를 새기겠어.

리처드 아뇨, 딸 셋을 새겨야죠. 버릇없이 말하겠는데

형은 남자보다 여자를 좋아하니까요.

전령이 나팔을 불며 등장

침통한 표정을 짓고 있는 너는 누구냐?

무슨 끔찍한 이야기가 네 혀끝에 매달려 있는 것 같은데.

45   **전령** 아, 두 분의 고귀한 부친이시며 제가 충성하는 군주이신

요크 공작님이 살해당하셨을 때

애처롭게 지켜보았던 자입니다.

에드워드 오, 더 이상 말하지 마라. 그것으로 충분하니.

리처드 아버님이 어떻게 돌아가셨는지 말해라. 모두 다 듣겠으니.

50   **전령** 그 분은 많은 적들에 포위당한 채

그들과 대항하여 맞섰지요.

트로이에 쳐들어오려고 하는 그리스에 대항하는 트로이의 희망[20]

처럼요.

하지만 헤라클레스도 수의 열세에는 굴복할 수밖에 없습니다.

작은 도끼로도 여러 번 찍어대면

55   가장 단단한 떡갈나무도 쓰러지는 법입니다.

---

20. 헥터

여러분의 아버지도 많은 적들의 공격에 무너지셨습니다.

그러나 살해된 것은 오로지 무자비한 클리포드와 왕비가

격분해서 휘두른 팔에 의해서입니다.

그들은 그 고귀하신 공작께 왕관을 씌운 채로 조롱하고

그의 얼굴에다 대고 비웃었습니다. 그리고 공작님이 비통하게 우시자   60

그 무자비한 왕비는 뺨을 닦으라고 손수건을 주었답니다.

잔혹한 클리포드가 살해한 사랑스럽고 어린 럿랜드의

죄 없는 피가 묻은 손수건을요.

그리고 실컷 비웃고 조롱을 하고 나서는,

공작님의 목을 베어서 요크 시의 성문에 갖다 걸었습니다.   65

아직도 거기 그냥 걸려 있습니다.

그와 같은 처참한 광경은 난생 처음이었습니다.

에드워드 자애로운 요크공작, 우리의 버팀목이 되셨던 분.

이제 당신이 돌아가시고 우리는 지팡이도, 버팀목도 없습니다.

오, 클리포드, 포악한 클리포드!   70

네가 유럽의 기사도의 화신이었던 아버지를 살해하다니, 그것도

   비열하게 이기다니.

일대 일이었다면 아버지는 너를 이겼을 것이다.

이제 내 영혼의 궁전²¹은 감옥이 되어버렸소.

아, 내 영혼이 이 몸을 부수고 나온다면   75

편안히 땅 속에 묻힐 수 있으련만!

앞으로 다시는 기뻐하지 않으리,

---

21. 몸

절대로, 아, 절대로, 더 이상의 기쁨을 보지 않으리!

리처드 나는 울 수가 없어요. 내 몸의 물기로도

80 　용광로처럼 불타는 심장을 식히기는 부족하니까요.

내 혀로도 마음속의 큰 짐을 내릴 수도 없어요.

내가 막 뱉으려고 할 때 나오는 그 숨결이

내 가슴을 불태우는 석탄에 불을 붙이니까요.

그리고 눈물로 끄려고 하는 그 불길이 나를 태워버리고 마니까요.

85 　울면 슬픔의 깊이가 얕아질 뿐,

그래, 눈물은 아기들의 것, 내겐 싸움과 복수뿐이다!

리처드, 내 이름은 아버지 이름을 딴 거지, 제가 아버지의 죽음을
　복수하겠어요.

아니면 복수를 시도했다는 명예라도 얻은 채 죽겠습니다.

에드워드 용감한 공작이 이름을 너에게 남겼고,

90 　그 공작령과 작위는 내게 남겨졌다.

리처드 아니, 형이 새의 왕자인 독수리의 새끼라면,

태양을 향해 노려봄으로써 형의 혈통을 보여줘야죠.

'공작령과 작위'를 대신해서 '왕좌와 왕국'이라고 말해야죠.

그것²²이 형 것이 되어야지 그렇지 않으면 형은 아버지의 자식도
　아니에요.

행진곡. 워릭, 몬태규 후작, 고수, 기수, 병사들을 거느리고 등장

─────────────────

22. 태양, 즉 왕의 권력과 권위

워릭　어쩐 일이요, 고매한 두 분? 무슨 일이요, 뭔 소식이라도 있소?　95

리처드　위대한 워릭 경, 우리가 그 가슴 아픈 이야기를 한다면,

　　　말 한마디 한마디가

　　　비수가 되어 우리 살을 다 찌를 것이고,

　　　말이 상처보다 더 많은 고통을 줄 것입니다.

　　　오, 용맹한 경, 요크 공작은 살해되었습니다!　100

에드워드　오, 워릭, 워릭, 그 플랜태지넷이,

　　　그 자신의 영혼의 구원만큼 경을 소중히 여기던 플랜태지넷이,

　　　그 잔인한 클리포드 경에 의해 죽임을 당했소.

워릭　열흘 전에 이 소식을 듣고 비탄에 빠져 있었소.

　　　그런데 이제, 그 슬픔에 더 많은 슬픔을 더하기 위해,　105

　　　그 후에 생긴 일을 말하려고 찾아왔소.

　　　웨이크필드의 피비린내 나는 전투 후에,

　　　그곳에서 당신들의 용맹한 아버지가 마지막 숨을 내쉬었는데,

　　　전령들이 속히 달려와서,

　　　여러분의 패배와 부친의 죽음 소식을 전해주었소.　110

　　　그때, 런던에서 왕의 감시 역으로 있던 나는

　　　병사들을 소집하고, 동지를 규합하고

　　　내가 생각하기에는, 충분히 무장해서,

　　　왕비를 저지하기 위해 세인트 올번즈를 향해 진군하였소.

　　　저한테 유리하게끔 왕을 대동하고서요.　115

　　　왜냐하면 제 척후병이 제게 보고했거든요.

　　　왕비가 단호한 목적으로 오고 있다고요.

헨리 왕의 서약과 당신의 왕위 계승을 언급한

최근 의회 결의를 파기하기 위해서 말이요.

120 간단히 말하면, 우리는 세인트 올번즈에서 마주쳤고,

전투를 벌였고, 양쪽 다 격렬하게 싸웠소.

그러나 용맹한 왕비를 온화하게 바라보고 있는

왕의 평정함 때문인지

그게 우리 병사들의 뜨거운 용기를 빼앗았는데

125 아니면 왕비의 승리 소문 때문인지

아니면 모든 포로를 처참하게 죽이라고 공포한

클리포드의 가혹함에 대한 공포가 지나쳤었는지

저는 알 수가 없소. 하지만 솔직히 말하자면

그들의 무기는 번개처럼 왔다 갔다 했으나

130 우리 병사들의 것은 올빼미의 게으른 날갯짓이나

게으른 탈곡자의 도리깨질처럼 내리쳤으니,

마치 그들의 친구를 치는 것 같았소.

나는 우리 대의의 정당함을 말하며 그들의 용기를 북돋았소.

많은 보수와 더불어 상을 주겠다는 약속과 함께.

135 그러나 모든 게 허사였소. 그들은 싸울 마음이 없었소.

우리는 그들에게서 승리하리라는 희망을 보지 못했소.

그래서 도망쳤소. 왕은 왕비에게로,

형제이신 조지경과 노포크와 저는

있는 힘을 다해 속력을 내서 여러분과 합류하러 온 것이요.

140 마치즈에서 여러분이 싸우기 위해

병사들을 소집하고 있다는 소식을 들었거든요.

에드워드   노포크 공작은 어디 있는 거요, 친절한 워릭?

조지는 버건디에서 영국으로 언제 온 거요?

워릭   노포크 공작은 6마일 떨어진 지점에 군대를 거느리고 와 있습니다.

그리고 동생 조지로 말하자면 당신들의   145

친절하신 버건디 공작부인께서 최근에 보내셨소.

이 위급한 전쟁에 필요한 지원병과 함께요.

리처드   용맹한 워릭이 패주했다니 그 쪽의 숫자가 우세했나 봅니다.

적군 추격으로 칭송은 자자했지만

패주했다는 소문은 지금까지 듣지 못했거든요.   150

워릭   리처드, 다시는 저의 추문을 듣지 않을 거요.

저의 이 강한 오른손이

나약한 헨리의 머리에서 왕관을 낚아채고,

그의 손아귀에서 경외스런 왕홀을 빼앗았다는 것을 알게 될 테니

까요.

설령 왕이 온화함과 평화로움, 그리고 신앙으로 평판이 나있는

만큼   155

전쟁에서도 용맹을 떨친다는 평판을 듣는다 해도요.

리처드   잘 알고 있습니다, 워릭 경. 책망 마십시오.

제가 그런 말을 한 것은 경의 명예를 경애한 데서 나온 것이랍니다.

하지만 이 어려운 시기에 어떻게 해야 되겠습니까?

우리가 이 철갑옷을 벗어 던지고

검은 상복을 몸에 둘러야 할까요?

묵주로 우리 기도를 세면서요?

아니면 복수에 가득 찬 칼로 적의 투구를 내리치며

우리의 신앙심을 세어야 합니까?

165 후자라면 그렇다 하시오. 그리합시다, 경들.

워릭 물론이요. 그래서 이 워릭이 당신들을 찾아온 거요.

내 동생 몬태규도 그렇고.

경들, 내 말을 들으시오. 저 오만 불손한 왕비는

클리포드와 뻔뻔스러운 노섬벌랜드와

170 또 오만한 새떼들 같은 무리와 더불어

쉬이 녹아내리는 왕을 밀랍처럼 주무르고 있소.

왕은 당신의 계승권에 동의한다 서약하였고

그의 맹세는 의사록에 기록되어 있소.

지금 그 일당들은 런던으로 모두 가서

175 왕의 서약과 더불어 랑카스터 가에 불리한 것은

무엇이든 제거하려 하오.

내 생각에, 그들의 병력은 3만 가량 될 것이오.

요크와 저의 도움에다가

용감하신 마치 백작,[23] 당신이 충성스런 웨일즈인들 중에서

180 조달할 수 있는 사람을 합치면

총 2만 5천이 될 것이요.

그러니, 앞으로! 런던을 향해 진군합시다.

그리고 다시 거품을 내뿜는 준마에 올라타서

---

23. 요크가 죽기 전의 에드워드의 호칭

다시 한 번 '돌진'이라고 우리 적을 향해 외칩시다.

두 번 다시 등을 돌려서 도주하지 맙시다.   185

리처드 아, 이제야 훌륭하신 워릭다운 말씀을 듣는 것 같네요.

워릭이 머물라고 명령하는 데도

'후퇴'라고 소리치는 자는 두 번 다시 햇빛 비치는 날을 보지 못

할 것이오.

에드워드 워릭 경, 그대를 의지하겠소.

그리고 당신이 실패하면 — 신이여, 그런 일은 없게 하소서. —   190

나 에드워드도 쓰려질 수밖에 없지만 그런 일은 하늘이 막을 것

이오.

워릭 이제 마치 백작이 아니라 요크 공작이십니다!

다음 지위는 영국의 왕이십니다.

우리가 지나갈 때 모든 마을에서

영국의 왕이라고 선포할 것입니다.   195

기뻐서 모자를 던지지 않는 자는

그 죄로 목이 달아날 것입니다.

에드워드 왕, 용맹한 리처드, 몬태규,

더 이상 명상을 하거나 꿈꿀 때가 아닙니다.

나팔을 불어대며 우리 과업을 완수합시다.   200

리처드 클리포드, 네 심장이 강철만큼 단단하다 해도

네 행동으로 냉혹함을 보여줬으니

내가 네 심장을 찌르러 가든지 아니면 내 심장을 네 놈에게 내 주

려고 갈 것이다.

에드워드   자, 북을 쳐라! 신과 성 조지시여, 저희를 지켜주소서!

전령 등장

205 **워릭**   어쩐 일이냐, 무슨 소식이냐?

전령   노포크 공작님의 말씀을 전하겠습니다.

왕비가 대군을 거느리고 진격해 오고 있는 터라

긴급히 협의하고자 여러분 일행을 당장 뵙고자 합니다.

워릭   그래, 일이 제대로 되는군. 용감한 전사들, 갑시다.

모두 퇴장

2장

나팔소리. 왕, 마가렛 왕비, 클리포드, 노섬벌랜드, 에드워드 왕자가
기수와 고수를 거느리고 등장

마가렛 이 멋있는 요크 시에 잘 오셨습니다, 전하.

저 쪽에 그 대적의 머리가 걸려 있습니다.

당신 왕관으로 머리를 두르려고 했던 자 말입니다.

그 광경을 보니 기분이 좋지 않으세요, 전하?

헨리 왕 아, 난파를 두려워하는 사람들의 공포를 암초가 부채질하듯 5

이 광경을 보니 내 영혼이 괴롭소.

신이시여, 복수를 멈추소서! 이 일은 제 잘못이 아니며

제가 고의로 서약을 파기한 것도 아닙니다.

클리포드 고귀하신 전하, 이런 지나친 자비심과

해로운 동정심은 버리십시오. 10

사자들이 누구에게 부드러운 눈길을 보내겠습니까?

그들의 굴을 빼앗으려는 짐승은 아닐 것입니다.

야생 곰이 누구의 손을 핥겠습니까?

자신 앞에서 어린 새끼를 잡아 가려는 짐승에게도 아닙니다.

누가 숨어있는 독사의 치명적인 독을 피하겠습니까? 15

독사의 등에 발을 올려놓는 자는 아닐 것입니다.

아무리 작은 벌레도 밟히면 꿈틀거릴 것입니다.

비둘기조차도 제 새끼를 위해서는 쪼아댑니다.

야심 많은 요크가 전하의 왕관을 노렸습니다.

그가 인상을 쓰고 있는 동안 전하는 웃으셨어요.

그는 일개 공작일 뿐입니다.

애정 깊은 아버지처럼 자기 아들을 왕으로

만들고 자식들의 신분을 올리고자 했던.

전하는 왕이시고, 훌륭한 아들을 둔 축복을 받으셨는데도

아들의 상속권을 박탈하는 데 동의하셨습니다.

이는 전하가 정 없는 아버지였음을 나타내는 것입니다.

분별없는 짐승도 제 새끼는 걷어 먹입니다.

비록 사람의 얼굴이 그들 눈에 무섭게 보일지라도,

귀여운 새끼를 지키기 위해서

그들의 둥지에 오르는 사람과 싸우지 않는 날 것들을

보지 못한 자가 어디 있다 말입니까?

전에는 두려워서 날아갔던 그 날개를 사용하면서요.

수치스러우나, 전하, 새들을 전례로 삼으소서!

이 얼마나 애석한 일입니까? 이처럼 훌륭한 왕자님이

아버지의 실수로 생득한 계승권을 상실하고

앞으로 내내 자손들에게 이렇게 말한다면 말입니다.

'내 증조부님과 조부님이 얻으신 것을

내 부주의한 아버지가 어리석게 주고 말았다'라고요.

아, 이 얼마나 수치스런 일입니까! 왕자님을 보십시오.

그리고 그 대장부다운 얼굴, 장래의 행운을 보장하는 저 얼굴을

보시고   40

　　　전하의 나약한 마음을 강철같이 단단히 하셔서

　　　전하의 왕권을 지키고 왕자에게 그 왕권을 물려주십시오.

헨리 왕 클리포드 연설 한 번 잘하셨소.

　　　설득력이 충만한 힘 있는 논리를 전개하면서요.

　　　하지만 클리포드, 부정하게 얻은 것이   45

　　　나쁜 결과를 가져온다는 것을 들어 본 적이 없소?

　　　그리고 축재로 인해서 지옥에 떨어진 자의 아들이

　　　늘 운이 좋던가요?

　　　나는 내 아들에게 내 덕행을 남기고 싶소.

　　　내 아버님이 그것 말고는 물려주지 않았으면 좋았을 것을!   50

　　　나머지 것은 가지고 있기에는

　　　천 배나 더 큰 걱정을 해야 하니 말이오.

　　　가지고 있는 기쁨에 비해서.

　　　아, 사촌 요크, 그대 절친한 친구들이 여기 걸려있는

　　　그대 머리 때문에 내가 얼마나 슬픈지 알아줬으면!   55

마가렛 전하, 기운을 내십시오. 우리 적이 가까이 있는데

　　　이처럼 유약한 마음을 가지시면 신하들이 의기소침해집니다.

　　　용감한 우리 아들에게 기사의 작위를 약속하셨으니

　　　검을 빼시고 바로 작위를 수여해주세요.

　　　에드워드, 무릎을 꿇어라.   60

헨리 왕 에드워드 플랜태지넷, 기사여, 일어나라.

　　　그리고 이 점을 명심하라, 너의 검은 정의를 위해 뽑는다는 것을.

에드워드 왕자 고귀하신 아버님, 아버님의 뜻을 받잡아

　　　왕관 계승자로서 그 검을 뽑겠습니다.

65　　　그리고 왕관을 위해서는 죽을 때까지 그 검을 휘두르겠습니다.

클리포드 그럼요, 전도양양한 왕자님 같은 말씀이오.

전령 등장

전령 왕군의 지휘자들이시여, 준비하소서.

　　　요크 공작[24]의 후원을 받아 워릭이 3만의 군사를

　　　거느리고 오고 있습니다.

70　　　그리고 그들이 진격해 오고 있는 도중 마을에서는

　　　그를 왕이라 선언하면서 많은 이들이 그에게로 몰려가고 있습니다.

　　　그들이 코앞에 있으니 전열을 갖추소서.

클리포드 전하께선 전장을 떠나 주셨으면 합니다.

　　　왕비는 전하가 안 계실 때 행운이 따르시니까요.

75 **마가렛** 예, 전하, 우리는 우리 운에 맡기시고.

헨리 왕 아니, 그것은 내 운이기도 하오. 그러니 머물러 있겠소.

노섬벌랜드 단단히 결심을 하고 싸웁시다.

에드워드 왕자 부왕 전하, 이 귀족들을 격려해주시고

　　　싸우는 자들의 사기를 올려 주십시오.

80　　　검을 뽑으시고, 아버님, '성 조지!'라고 외쳐 주십시오.

행진곡. 마치 백작 에드워드, 워릭, 리처드, 조지, 노포크, 몬태규, 병사들 등장

――――――――――――――――

24. 요크의 장남인 에드워드를 말함.

에드워드 이봐, 서약을 깬 헨리.[25] 무릎 꿇어 자비를 빌고

　　　　네 왕관을 내 머리에 씌우겠는가?

　　　　아니면 전장에서 죽을 운명을 기다리겠는가?

마가렛 네 부하들에게나 가서 호통 쳐라! 이 오만 무례한 애송이,

　　　　너의 군주이며 적법한 왕의 면전에서　　　　　　　　　　　85

　　　　그런 무례한 말을 하다니 예의라곤 있는 것인가?

에드워드 나는 그의 왕이니 그가 무릎을 꿇어야 한다.

　　　　나는 그의 동의하에 왕위계승자로 채택되었다.

　　　　듣자하니, 그가 서약을 깨자 그 이후로

　　　　네가 왕이더구나. 헨리는 왕관을 쓰고 있을 뿐이고.　　　90

　　　　왕을 시켜서 새 의회법으로

　　　　내 이름을 지우게 하고 왕의 아들을 올려놓았더구나.

클리포드 당연하지.

　　　　아들 말고 누가 아비를 계승하리오?

리처드 너 거기 있었냐, 이 백정? 오, 치가 떨려 말이 안 나온다.　95

클리포드 그래 이 꼽추 놈, 네 말에 응수하려고 여기 내가 서있다.

　　　　아니면 네 놈들 중에 가장 오만한 놈을 상대하려고.

리처드 어린 럿랜드를 죽인 자가 너냐, 그렇지?

클리포드 그래, 그리고 늙은 요크도. 그러고도 만족하지 못한다.

리처드 경들 부디 개전 신호를 해주시오.　　　　　　　　　　　100

워릭 뭐라고 하겠소, 헨리, 왕권을 내놓겠소?

------

25. 헨리가 요크 가의 계승권에 대한 맹세를 어겼으므로 서약을 깼다고 함. 하지만 이
　　비난은 요크도 서약에 관한 맹세를 깨뜨렸기 때문에 아이러니하다.

마가렛 이 혀가 긴 워릭,[26] 네가 어찌 감히 입을 놀리느냐?

세인트 올번즈에서 너를 만났을 때

네 다리는 손보다 더 날쌔더니.

105 **워릭** 그 때는 내가 도주할 차례였지만, 이번에는 네 차례다.

클리포드 전에도 그렇게 말을 늘어놓고 도망쳤지.

워릭 네 용맹 때문이 아니었어, 클리포드. 거기서 내가 달아난 것은.

노섬벌랜드 아니, 네가 물러나지 않은 것이 네 용맹 때문도 아니지.

리처드 노섬벌랜드, 난 당신을 존중하오.

110 이야기는 관둡시다. 억제할 수가 없으니 말이오.

부풀어 터질 듯한 내 심장의 분노를,

저 클리포드, 저 잔인한 어린애 살인자에 대한 분노를.

클리포드 내가 너의 아비를 죽였다. 넌 그를 어린애라 부르냐?

리처드 그래, 비겁하고 기만적인 겁쟁이처럼,

115 너는 내 귀여운 동생 럿랜드를 죽였지.

하지만 해가 지기 전에 네가 한 짓을 저주하게 해 주마.

헨리 왕 말들 다하셨소, 경들? 그럼 내 말 들으시오.

마가렛 저들에게 도전하세요. 아니면 입들을 닫으시든지.

헨리 왕 제발 내 말에 제동을 걸지 마시오.

120 나는 왕이니 말할 특권이 있잖소.

클리포드 전하, 여기 이 만남을 야기한 상처는

말로 치유될 수 없는 것입니다. 그러니 침묵하십시오.

리처드 그럼, 살인자, 검을 뽑아라.

---

26. 말 많은

나는 만물을 창조하신 하느님에 대고 맹세코

클리포드의 용기는 혓바닥에 달려있을 뿐이라고 확신한다.   125

에드워드 말해라, 헨리. 내 권리를 내게 내놓겠느냐, 내놓지 않겠느냐?

오늘 아침을 먹은 천 명의 병사가

네가 왕권을 내놓지 않는 한 결코 밥을 먹지 않을 것이다.

워릭 네가 거절한다면, 그들의 피가 네 머리 위에 쏟아질 것이다.

요크는 정의를 위해 갑옷을 입었으니까.   130

에드워드 왕자 워릭이 말하는 정의가 정의라면

정의가 아닌 것은 아무것도 없고 모든 것이 다 정의이겠다.

리처드 네 아비가 누구인지 모르겠지만, 네 어미는 저기 서 있구나.

네가 네 어미의 입놀림을 닮은 걸 봐서.

마가렛 하지만 너는 네 어미도 애비도 닮지 않았다.   135

너는 너를 피하도록 운명의 여신이 낙인을 찍어놓은

더럽고 흉한 불구자 같구나.

마치 독두꺼비나 도마뱀의 무서운 독처럼.

리처드 영국의 도금을 입힌 나폴리의 쇠,[27]

네 아비는 왕이라는 칭호를 가지고 있지만   140

시궁창이 바다라고 불리는 것처럼

네가 어디서 나왔는지 잘 알면서 부끄럽지 않느냐?

네 천한 바탕을 너의 혀로 드러내게 하다니.

에드워드 한 다발의 짚이 천 개의 왕관보다 값어치가 있겠구나.[28]

---

27. 마가렛은 나폴리 왕 레이니어의 딸로, 천한 나폴리 여인이라는 뜻.

28. 매춘부 등을 공개적으로 망신줄 때 짚으로 만든 관을 쓰게 한 풍습과 관련.

<table>
<tr><td>145</td><td>이 수치심 없는 매춘부가 제 자신을 알게 하려면.</td></tr>
<tr><td></td><td>너는 그리스의 헬렌만큼 아름답지도 않다.</td></tr>
<tr><td></td><td>네 남편이 메넬라오스[29]라 할지라도.</td></tr>
<tr><td></td><td>게다가 네가 왕에게 한 것처럼</td></tr>
<tr><td></td><td>그 부정한 여자는 아가멤논의 동생을 그릇되게 하지는 않았다.</td></tr>
<tr><td></td><td>왕의 부왕이 프랑스 중심부에서 활약해</td></tr>
<tr><td>150</td><td>그 나라 왕을 복종하게 하고 황태자[30]를 굴복시켰다.</td></tr>
<tr><td></td><td>그리고 그가 신분에 맞게 결혼했더라면</td></tr>
<tr><td></td><td>오늘날까지도 그 영광을 유지할 수 있었을 텐데.</td></tr>
<tr><td></td><td>하지만 그가 거지를 침대로 끌어 들여</td></tr>
<tr><td></td><td>네 가난뱅이 아비가 결혼식을 보게 하는 영예를 베풀었을 때[31]</td></tr>
<tr><td>155</td><td>그 이후로 햇빛이 소나비를 몰아와</td></tr>
<tr><td></td><td>그의 부왕의 영토를 프랑스에서 없애고</td></tr>
<tr><td></td><td>국내에서는 그의 왕위를 넘보려는 소요가 일게 되었다.</td></tr>
<tr><td></td><td>네 교만함이 아니라면 무엇 때문에 이런 분란이 일어났겠느냐?</td></tr>
<tr><td>160</td><td>네가 온순하였다면, 왕권에 대한 우리 요구도 없었을 터.</td></tr>
<tr><td></td><td>그리고 점잖은 왕을 동정해서</td></tr>
<tr><td></td><td>다음 대까지 우리 권리를 미루었을 것이다.</td></tr>
</table>

조지 하지만 우리 태양이 네게 봄을 가져다주고

---

29. 헬렌의 남편. 이 모욕은 에드워드 왕자가 헨리의 아들이 아닐지도 모른다는 것을 암시한다.
30. 찰스, 나중에 찰스 7세.
31. 『헨리 6세 1부』에서 서포크가 마가렛과 헨리의 결혼을 주선함. 마가렛은 지참금이 전혀 없이 헨리와 결혼함.

네 여름이 우리에게 아무런 수확을 가져다주지 않으니

도끼날이 우리 자신을 다소 다치게 할지라도 165

네 반역의 뿌리에 도끼를 갖다 대겠다.

너도 알리라. 우리가 도끼질을 시작한 이상

너를 도끼날로 거꾸러뜨릴 때까지 절대 물러나지 않으리라는 것을.

그렇게 못하면 우리 뜨거운 피로 너의 번성을 막을 테다.

에드워드 이런 결심으로 네게 도전하나니 170

더 이상 협상은 하지 않겠다.

네가 저 점잖은 왕을 말도 못하게 하니까.

불어라, 나팔을! 우리 피로 물든 군기를 휘날려라.

승리 아니면 무덤이다!

마가렛 멈춰라, 에드워드. 175

에드워드 싫다, 이 시끄러운 여자야. 우리는 더 이상 머무르지 않을 것이다.

오늘 이 언쟁이 만 명의 목숨을 앗을 것이다.

나팔소리. 행진곡. 에드워드와 그의 부하가 문 한쪽으로
마가렛 왕비와 그녀의 부하들이 다른 쪽으로 모두 퇴장.

3장

긴박한 나팔소리. 출격. 워릭 등장

워릭 전투로 소진했다. 경주하는 달리기 선수처럼
숨 좀 돌릴 수 있게 잠시 누워야지.
여러 번 맞고 또 받아치는 바람에
내 강한 무릎 근육의 힘이 다 빠졌으니
5   무슨 일이 있더라도 잠시 쉬어야만 되겠다.

마치 백작 에드워드 뛰면서 등장

에드워드 자비로운 하느님이시여, 미소를 보내주소서. 아니면 무자비한
죽음을 내리소서.
이 세상은 상을 찌푸리고, 에드워드의 태양에는 구름이 끼었으니
까요.

워릭 어떤가요, 경, 운은 어떻소? 무슨 좋은 희망이라도?

조지 등장

조지 우리 운은 불운, 우리 희망은 참담한 절망뿐이오.
10   우리 지위는 몰락하고 파멸이 우리를 따르오.
어쩌면 좋겠소? 어디로 도주할까요?

에드워드 도주하는 것은 소용없소. 그들은 날개를 달고 추격할거요.

　　　　　　게다가 우리는 지쳐서 추격을 피할 수가 없소.

　　　　　　　　　　　　　리처드 뛰면서 등장

리처드 아, 워릭, 왜 후퇴하셨습니까?

　　　　　　당신 형제[32]의 피, 클리포드의 창끝에 찔려 흘린 피를　　　　　15

　　　　　　목마른 대지가 마셨습니다.

　　　　　　죽음의 고통 속에 그는 울부짖었습니다.

　　　　　　멀리서 들려오는 음산하고 긴 쇳소리처럼요.

　　　　　　'워릭, 복수를! 내 죽음을 복수하라'

　　　　　　그렇게, 적의 말의 배 밑에서　　　　　　　　　　　　　　　　20

　　　　　　김나는 그의 피로 말발굽의 털을 물들이며,

　　　　　　그 고귀한 귀족이 영혼을 포기하고 말았어요.

워릭 그럼 대지가 우리 피로 취하게 합시다.

　　　　　　나는 도주하지 않을 터이니 제 말을 죽여 버리겠소.

　　　　　　어째서 우리가 마음 약한 여인처럼 여기에 서있는 거요?　　　　　25

　　　　　　적이 날뛰는 동안 우리 패배나 한탄하면서,

　　　　　　엉터리 배우들이 농담 삼아 연기하는 비극 작품을

　　　　　　보고 있는 것처럼 말이오.

　　　　　　여기 무릎을 꿇고 위에 계신 신에게 맹세하나니

　　　　　　다시는 절대로 쉬지도, 조용히 서 있지도 않겠소.　　　　　　　30

---

32. 이 형제는 워릭의 동생인 몬태규가 아니라 워릭의 또 다른 형제로, 여기에서만 언급되고 있음.

죽음이 내 눈을 감게 하든지

운명이 복수를 실컷 하게 할 때까지요.

에드워드 오, 워릭, 나도 당신과 같이 무릎을 꿇겠소.

그리고 내 영혼을 당신 영혼과 함께 묶을 것을 맹세하오.

35 내 무릎을 대지의 차가운 얼굴에서 일으키기 전에

내 손과 내 눈과 내 심장을 하느님께 바칩니다.

왕들을 세우시고 물러나게도 하는

당신에게 간구하나니, 당신의 뜻으로

이 몸이 적들의 먹이가 되어야만 할지라도

40 천국의 놋쇠 문을 여시어

이 죄 많은 영혼에게 따스한 길을 내주소서.

경들, 이제 우리가 다시 만날 때까지 작별합시다.

그게 천국이 되던 지상이 되던지 간에요.

리처드 형님, 손 좀 주십시오. 그리고 친절한 워릭도.

45 내 지쳐있는 팔로 두 분을 포옹하게 해주세요.

절대 눈물 흘려보지 않은 저였지만

이제 겨울이 우리 봄날을 이렇게 꺾어버려 비탄으로 녹아내립니다.

워릭 갑시다, 갑시다! 한 번 더, 경애하는 경들. 작별이오.

조지 우리 모두 같이 병영으로 가서

50 있고 싶지 않은 자들은 떠나라고 하고

우리와 같이 하는 자들은 기둥이라 불러 줍시다.

그리고 우리가 성공하면, 그들에게 보상할 거라고 약속합시다.

올림픽 경기에서 승리자들이 쓰는 것과 같은 보상을요.

이것이 그들의 낙담한 마음에 용기를 심어 줄 수 있을 거외다.

아직 생명과 승리의 희망이 있으니까요.   55

더 이상 지체하지 말고 서둘러 떠납시다.

　　　　　　　　　　　　　　　　　　　　　　　　　　모두 퇴장

4장

긴박한 나팔소리. 전투, 리처드 한 쪽 문으로, 클리포드는 다른 쪽 문으로 등장

리처드 자, 클리포드. 너와 이제 맞대결하게 되었구나.

이 팔은 요크 공작을 위한 것이고,

이 팔은 럿랜드를 위한 것이다. 이 두 손으로 복수하고 말테다.

네가 철벽으로 둘러싸여 있더라도.

5 **클리포드** 자, 리처드, 이제 너랑 단 둘이 만났구나.

이것은 네 아비 요크를 찌른 손이고

이것은 네 동생 럿랜드를 죽인 손이다

그리고 여기에 심장이 있다.

그들의 죽음을 기뻐하고 네 아비와 형제를 죽인 손으로

10 너도 똑같이 죽이라고 격려하는 심장 말이다.

그러니, 자, 받아라!

긴박한 나팔소리. 그들은 싸운다. 워릭이 와서 리처드를 구한다. 클리포드 도망친다.

리처드 아니오, 워릭, 다른 사냥감을 찾으시오.

나는 이 늑대가 죽을 때까지 쫓을 테니까.

모두 퇴장

5장

긴박한 나팔소리. 헨리 왕 혼자 등장

헨리 왕 이번 전투는 새벽녘의 전쟁 같구나.

사라져가는 구름이 밝아오는 빛과 다투고

목동이 손끝을 불며

아침이라고 해야 할지 밤이라고 해야 할지 모르니 말이다.

조류의 힘을 받는 세찬 바다가   5

바람과 전투를 벌이는 것처럼 이쪽으로 휩쓸렸다가,

광폭한 바람에 의해 물러나서,

저 쪽으로 휩쓸린다.

한 쪽이 좀 더 강한가 하면, 다음에 또 다른 쪽이 강하다.   10

때로는 조류가 우세했다가, 다음엔 바람.

하지만 양쪽 다 승자가 되려고 가슴에 가슴을 맞대고 잡아당긴다.

하나 승자도 없고 패자도 없다.

그래서 이 잔인한 전쟁이 서로 균형을 이루고 있구나.

내 여기 두더지 흙두덕 위에 앉아 있겠다.

신의 뜻이 있는 쪽에 승리가 있으리라!   15

내 왕비 마가렛과 클리포드가

전쟁터에서 나를 쫓아냈다.

둘 다 내가 없어야 최고로 잘 할 수 있다고 단언하면서.

차라리 죽고 싶구나. 신의 선하신 뜻이 그러시다면.
이 세상에 슬픔과 고통 말고는 무엇이 있는 건가?
오, 신이시여, 소박한 목자의 삶보다
더 행복한 인생은 없을 것입니다.
지금 제가 하는 것처럼, 언덕 위에 앉아서
해시계를 한 금씩 한 금씩 솜씨 있게 새기며
그래서 분침이 어떻게 흘러가는지 보면서
얼마나 많은 분이 지나야 한 시간이 되는지
얼마나 많은 시간이 지나면 하루가 되는지
얼마나 많은 날들이 지나면 일 년이 끝나겠는지
죽을 운명을 지닌 인간이 몇 년이나 살 수 있는지.
이것을 다 알면, 다음에 시간을 나눠보는 거지.
내 양떼들을 돌보는데 몇 시간을 써야만 하는지
몇 시간이나 쉬어야만 하고
몇 시간이나 명상해야만 하고
몇 시간이나 혼자서 놀아야만 하고
며칠 동안을 암양이 새끼를 배는지
그 불쌍한 바보가 새끼를 낳으려면 얼마나 많은 주가 지나야 하
는지
양털을 깎으려면 얼마나 많은 해가 지나야 하는지.
그렇게 분이, 시간이, 날이, 달이, 년이
태어난 인생의 끝을 향해 흘러가서
마침내 백발이 되어 고요한 무덤에 가게 된다.

아, 이런 인생이 얼마나 좋으냐! 얼마나 달콤하며, 얼마나 사랑스
    러운가!
순진한 양떼를 지키는 양치기에게
산사나무숲이 상쾌한 그늘을 주지 않는가?
신하들의 반역을 두려워하는 왕에게
화려하게 수놓은 휘장이 주는 그늘보다.   45
오, 그래, 정말 그렇다, 천 배나 더 그렇다.
양치기의 소박한 치즈,
가죽 자루에서 따라 마시는 차고 맑은 물,
상쾌한 나무 그늘 아래서 자는 잠은—
이 모든 것은 그가 보장받고 달콤하게 즐기는 것들인데—   50
군주의 진미를 훨씬 능가하는 것이다.
황금 컵의 거품 이는 술과
의혹, 불안, 반역이 수반되는
화려한 침대에서 웅크리고 자는 잠보다.

> 긴박한 나팔소리. 자신의 아버지를 죽인 아들이 한쪽 문으로
> 죽은 사람을 팔에 안고 등장

아들 아무에게도 이익이 되지 않은 바람은 불지 않는 법,   55
내가 맞서 싸워서 죽인 이 놈은
동전 몇 닢을 가지고 있을 거야.
그리고 이 자의 돈을 우연히 가지게 된 나도
밤이 되기 전에 누군가에게

60 내 목숨과 이 돈까지 주게 될지도 몰라, 이 죽은 자처럼.

이게 누구냐? 오, 신이시여, 이건 내 아버지의 얼굴이잖아.

전투 중에 누군지 알지 못하고 아버지를 죽였구나.

오, 참담한 시대여, 이런 일이 생기다니.

나는 런던에서 국왕에게 강제 징집되었고

65 내 아버지는 워릭 백작의 부하여서

주인에게 징집되어 요크 쪽으로 온 거야.

그리고 그의 손으로 생명을 받은 내가

내 손으로 그의 생명을 뺏다니,

신이시여, 용서하소서. 제가 한 짓을 몰랐습니다.

70 용서하세요, 아버지. 아버지인 줄 몰랐어요.

내 눈물로 이 핏자국을 씻어 드릴게요.

눈물을 모두 흘리기까지는 더 이상 아무 말을 하지 말자꾸나.

헨리 왕 오, 처참한 광경이여! 이 피비린내 나는 시대여!

사자가 그들 굴을 놓고 싸우는 동안

75 죄 없는 양들이 저들의 적의를 견뎌야 하다니.

울려무나, 가련한 이여. 나도 눈물로 그대를 거들어 주겠다.

그리고 우리의 마음과 눈이, 내란이 일어난 것처럼,

눈물로 멀게 하고 슬픔으로 터지게 하자.

아들을 죽인 아버지가 시체를 매고 다른 쪽 문으로 등장

아버지 그렇게 끈덕지게 내게 저항하더니

80 네 금화를 내게 달라. 가지고 있다면.

백 번이나 치게 한 값으로 그걸 사는 것이니.

그런데 가만 있자. 이게 적의 얼굴이냐?

아, 맙소사, 이럴 수가, 이럴 수가, 이건 내 하나뿐인 아들 아닌가!

아, 얘야, 목숨이 조금이라도 붙어 있으면

눈 좀 떠 보아라! 봐라, 보란 말이다.   85

내 심장의 폭풍우로 불어 일어난 소낙비가

네 상처들 위에 쏟아진다. 그 상처가 내 눈과 마음을 죽이는구나!

오, 신이여, 불쌍히 여기소서. 이 처참한 시대를!

얼마나 끔찍하고, 흉포하고, 잔인하며

잔혹하고, 난폭하고, 비인간적인가!   90

이런 치명적인 전투가 나날이 생기다니.

아, 아들아, 이 아비가 너에게 목숨을 너무 일찍 주었고

너무 빨리 너의 목숨을 앗았구나!

헨리 왕   비통을 넘어선 비통일세! 보통 슬픔보다 더 큰 슬픔!

오, 나의 죽음으로 이런 애처로운 짓들을 끝낼 수 있다면.

오, 불쌍히 여기소서, 불쌍히 여기소서. 자비로운 하늘이여, 불쌍

히 여기소서.   95

빨간 장미와 흰 장미가 그의 얼굴에 있구나.

싸우는 두 집안의 치명적인 색깔들

저 자의 붉은 피는 빨간 장미를 꼭 닮았고

창백한 뺨은 흰 장미 같구나.   100

한 쪽 장미는 시들어 버리고 또 다른 쪽 장미는 만발했으면!

너희들 둘이 싸우면, 천 명의 생명이 시들어야만 한다.

아들 어머니는 뭐라 하실까? 아버지의 죽음을?

　　　　내게 분노하시며 절대 용서하지 않을 거다.

105 **아버지** 내 아들의 죽음에 내 아내는

　　　　얼마나 바다 같은 눈물을 흘릴까? 그리고 절대 용서하지 않을 거야!

헨리 왕 이 비통한 일들로 인해 이 나라는

　　　　얼마나 왕을 원망하겠는가!

아들 아버지의 죽음을 이렇게 뉘우친 아들이 있었을까?

110 **아버지** 아들의 죽음에 이렇게 슬퍼한 아버지가 있었을까?

헨리 왕 백성들의 죽음에 이렇게 비통한 왕이 있었을까?

　　　　너희들의 슬픔은 크지만 내 슬픔은 열 배나 더 크다.

아들 여기서 아버지를 모셔 갈게요. 실컷 울 수 있는 곳으로요.

　　　　　　　　　　　　　　　　　　　　시체와 함께 퇴장

아버지 이 내 두 팔이 너의 수의가 될 거다.

115 　　　착한 내 아들, 내 심장은 네 무덤이 될 것이다.

　　　　내 심장에서 너의 모습은 결코 사라지지 않을 테니까.

　　　　한숨 쉬는 내 가슴은 네 장례식 종이 될 거야.

　　　　프리엄이 그의 용맹한 아들에게 해준 것처럼

　　　　네 아비도 외아들인 너를

120 　　　그렇게 장례할 거다.

　　　　여기서 너를 데리고 가겠다. 싸우고 싶은 자는 싸우게 내버려 두고,

　　　　죽여서는 안 될 너를 죽였으니.

헨리 왕 비탄에 짓눌려 마음이 슬픈 자들이여,
여기 너희보다 더 슬픈 왕이 앉아 있노라.

긴박한 나팔소리. 전투. 에드워드 왕자 등장

에드워드 왕자 도주하세요, 아버님. 도주하세요. 우리 편이 모두   125
도주하고 있으니까요. 워릭이 성난 황소처럼 날뛰고 있어요.
얼른요, 죽음의 신이 우릴 추격하고 있어요.

마가렛 왕비 등장

마가렛 왕이시여, 말에 오르세요. 버릭 쪽으로 신속히 말을 달리세요.
에드워드와 리처드가 한 쌍의 사냥개처럼
겁에 질려 달아나는 산토끼를 눈앞에 두고   130
분노에 찬 불같은 눈을 번득이며
성난 손에 피 묻은 칼을 움켜쥐고서
쫓아오고 있습니다. 그러니 여기서 얼른 달아나세요.

엑스터 등장

엑스터 어서 피하세요. 그들이 복수심에 불타서 오고 있으니.
아니, 이러고저러고 할 시간이 없습니다. 어서 가시든지   135
아니면 나중에 오십시오. 저는 먼저 가겠습니다.

헨리 왕 아니 날 데려가 주시오, 착한 엑스터.

내가 여기 있는 게 무서워서가 아니라

왕비가 가는 곳으로 가고 싶소. 앞장서시오. 갑시다.

모두 퇴장

6장

요란한 나팔소리. 화살로 목에 상처 입은 클리포드 등장

클리포드 여기 내 촛불이 다 타는구나. 그래, 여기서 꺼지고 마는구나.
    그것이 타고 있을 동안은 헨리 왕에게 빛을 주었는데
    오, 랑카스터,[33] 나는 그대들의 멸망이 더 염려되오.
    내 영혼과 몸이 분리되는 것보다! 나의 그대들에 대한 사랑과
    내 용기에 대한 두려움에서 많은 사람들이 그대들에게 붙어 있었으나   5
    이제 내가 몰락하니 그대들의 강한 결속력도 해이해져
    헨리는 약해지고, 거만한 요크는 강해지겠지.
    사람들은 여름철 파리처럼 몰려들 것이고,
    작다귀들은 햇빛 쪽으로 날아가지 않던가?
    헨리의 적들 말고는 누가 빛을 내겠는가?   10
    오, 피버스여, 당신의 아들 피어톤에게
    그대 불의 말을 모는 것을 허락하지 않았던들
    그대 불타는 수레가 대지를 불바다로 태우지 않았을 것을!
    그리고 헨리, 당신이 왕으로서 훌륭히 통치를 했다면
    아니면 당신의 부왕이나 조부왕이 한 것처럼   15
    요크 가문에 어떠한 빌미도 주지 않았다면
    여름철 파리처럼 요크가가 번성하지 않았을 것을.

---

33. 랑카스터 가문

이 불운한 나라에서 나와 만 명의 병사들이

우리 죽음에 애통해 할 과부도 남겨놓지 않았을 텐데.

20   그리고 헨리 당신도 오늘까지 평화 속에 왕좌를 지켰을 것을.

미풍 말고는 무엇이 잡초를 번성하게 하겠는가?

지나친 관대함 말고는 무엇이 도둑을 대담하게 하겠는가?

한탄도 소용없고 내 상처도 치명적이다.

도주할 길도 없고 도주할 힘도 없다.

25   적들은 자비심도 없고 불쌍히 여기지도 않을 것이다.

그들 손에 나도 그 자비를 받을 자격이 없으니까.

바람이 내 깊은 상처에 들어오고

출혈이 심해 혼미해지는구나.

오라, 요크와 리처드, 워릭과 그 밖의 사람들도.

30   내가 네 아버지의 가슴을 찔렸다―내 가슴을 갈라라.

그는 기절한다. 긴박한 나팔소리와 후퇴. 에드워드[이제 요크 공작], 워릭,
리처드 그리고 병사들, 몬태규와 조지 등장

에드워드   경들, 이제 숨 좀 돌립시다. 행운이 휴식을 명하며

전쟁으로 찌푸린 상을 펴서 평화스런 표정을 띠라고 하오.

몇몇 부대는 잔인한 왕비를 추격하고 있소.

왕비는 점잖은 헨리가 왕임에도 불구하고 조종하고 있소.

35   마치 안달 난 돌풍을 가득 받은 돛이

상선을 앞으로 밀어 붙이는 것처럼.

그런데 경들, 클리포드가 그들과 같이 도주한 것 같소?

워릭 아니오, 그가 빠져나갈 수 없었을 텐데,

왜냐하면 당사자 앞에서 말하는데

당신 동생 리처드가 무덤에 보낼 만큼 그 자를 쳤거든요.   40

어디에 있든지 간에 확실히 죽었을 거요.

클리포드 신음하다가 죽는다.

에드워드 누구의 영혼이 괴로운 작별 인사를 하느냐?

리처드 생사의 갈림길 같은 무서운 신음소리이다.

에드워드 누구인지 봐라. 이제 전쟁은 끝났다.

친구이든, 적이든지 간에 명예롭게 처리하라.   45

리처드 그런 관대한 처사를 취소하세요. 이 자는 클리포드이니까요.

잎사귀가 돋아난 럿랜드를 쳐서

가지를 치는 것에 만족하지 않고

부드러운 싹을 나게 하는 뿌리에까지

그 잔인한 칼날을 댄 놈입니다.   50

우리 위엄 있는 아버지 요크 공작에게 말입니다.

워릭 요크의 성문에서 그 머리를 가져오시오.

클리포드가 그 곳에 걸어두었던 두 분 아버님의 머리를.

대신에 이 자 머리로 그 자리를 채웁시다.

눈에는 눈, 이에는 이이니까.   55

에드워드 우리 집안을 향해 죽음만을 노래하던

저 불길한 부엉이를 이리 끌어내라.

이제 죽음이 그 자의 사악한 협박소리를 멈추겠구나.

그리고 그 이상 그런 불길한 말을 하지 못하리라.

60   **워릭**   이자가 의식은 없는 것 같습니다.

말해 봐라, 클리포드, 누가 너에게 말하고 있는 줄 모르겠느냐?

어둡고 흐린 죽음이 그의 생명의 빛을 가리고

우리가 말하는 것을 듣지도 보지도 못하는구나.

리처드   아, 그가 듣고 보았으면! 아마 그럴 거요.

65   죽은 척 하는 것이 그의 계략이 아니면 뭐겠어요.

그런 신랄한 조소를 피하고 싶을 테니까요.

아버지가 죽을 때 그에게 한 쓰디쓴 조소 말이에요.

조지   그렇게 생각한다면, 신랄한 말로 골려 줍시다.

리처드 클리포드, 자비를 빌어봐. 그래도 주지는 않겠지만.

70   **에드워드**   클리포드, 참회를 해봐라. 소용도 없겠지만.

워릭   클리포드, 네 죄를 변명할 궁리를 해봐.

조지   우리가 네 죄를 벌할 잔인한 고문을 생각할 동안.

리처드 너는 요크를 좋아했지. 내가 요크의 아들이다.

에드워드   너는 럿랜드를 가엾이 여겼지. 내가 널 불쌍히 여겨주마.

75   **조지**   너를 지켜줄 대장 마가렛이 이제 어디에 있느냐?

워릭   저들이 너를 조롱한다. 클리포드, 늘 하던 대로 욕 좀 해봐.

리처드 뭐, 욕 한 번 못해? 아니 세상이 각박해졌나.

클리포드가 친구들에게 욕 한 번 못하다니.

이걸 보니, 그가 죽은 걸 확실히 알겠어.

80   내 영혼에 대고, 내 이 오른 손으로 두 시간을 살 수 있으면 좋겠어.

그에게 온갖 조롱을 퍼부을 수 있도록.

이 손을 잘라서 흐르는 피로

이 악당을 질식시킬 것이다.

요크와 어린 럿랜드의 피로도 갈증을 못 채운 이 악당을.

워릭 그렇소. 하지만 그는 죽었소. 이 반역자의 머리를 참수해서   85

당신들 부친의 머리가 있던 곳에다 걸어놓으시오.

자, 이제 런던으로 개선하여

거기서 영국 왕으로 등극하시오.

그 곳에서 워릭은 프랑스로 건너가서

보나 양[34]을 당신 왕비로 청하겠습니다.   90

그렇게 해서 이 두 나라를 얼른 결속시키십시오.

프랑스 왕을 친구로 두게 되면 두려워하지 않아도 될 겁니다.

여기 저기 흩어져서 재기할 기회를 노리고 있는 적들을요.

그들이 다칠 만큼 쏘지는 못하겠지만

윙윙거려 귀를 따갑게 하는 꼴을 봐야 하니까요.   95

저는 먼저 대관식에 참관하고

브리태니로 가서 바다를 건너

결혼을 성사시키겠습니다. 왕께서 허락해 주신다면.

에드워드 당신 뜻대로 하시오, 내 친애하는 워릭.

내 왕좌는 당신 어깨에 달려 있으니까요.   100

그러니 당신에게 자문하고 동의를 구하지 않고서는

어떤 일도 수행하지 않을 거요.

리처드, 너를 글로스터 공작으로,

---

34. 프랑스 루이 11세의 처제

그리고 조지, 너를 클라렌스 공작으로 봉한다.

105   워릭은 짐과 마찬가지로 하고자 하는 대로 하시오.

리처드 나를 클라렌스 공작으로, 조지를 글로스터로 해주세요.

글로스터 공국은 너무 불길하단 말이야.[35]

워릭   쯧, 무슨 그런 어리석은 소리를

리처드, 글로스터 공작이 되시오.

110   이제 런던으로 가서 이런 영예가 수여되는 것을 보겠소.

모두 퇴장

---

35. 이전 글로스터 공작의 운명 때문에 불길하다고 말하는 것임. 글로스터 공작 험프리
   는 정적에 의해 살해되었음(『헨리 6세 2부』 참조).

3막

1장

두 사냥터지기가 손에 석궁을 들고 등장

사냥터지기 1 이 무성한 덤불 아래에 숨어 있자.

얼마 안가 숲 속의 빈터로 사슴들이 나타날 테니까.

이 덤불 속에 숨어 있다가

제일 큰 사슴을 잡자고.

5 **사냥터지기 2** 나는 언덕 위에 있을게. 우리 둘 다 쏠 수 있게.

사냥터지기 1 그건 안 돼. 네 석궁소리가

사슴 무리를 놀라게 할 거고, 그럼 내가 쏘는 것이 빗나간다구.

우리 둘 다 여기 있다가 겨냥을 잘 맞추는 거야.

그 시간 동안 지루하지 않도록

10 우리가 지금 자리 잡으려고 하는 이 장소에서

어느 날 내게 일어난 일을 들려주지.

사냥터지기 2 저기 누가 오네. 그가 지날 때까지 기다리자.

기도 책을 든 헨리 왕이 변장을 하고 등장

헨리 왕 스코틀랜드에서 슬그머니 빠져 나왔지.

오로지 내 나라를 보고 싶은 열망에서.

15 아니다, 해리, 해리, 이제 네 나라가 아니다.

네 자리는 다른 자로 채워졌지. 네 왕홀은 빼앗겼고

기름부음 받았던 성유도 씻겼다.

누구도 너를 제왕이라 부르며 무릎 꿇지 않을 것이고

힘없는 청원자들도 정의를 호소하려 밀려오지 않을 것이다.

아니, 단 한명도 구제받기 위해 오지 않을 것이다.   20

나 자신도 못 도우면서 어떻게 그들을 도울 수가 있단 말인가?

사냥터지기 1 야, 우리에게 가죽을 줄 사슴[36]이 있네.

이건 이전 왕이다. 사로잡자.

헨리 왕 불운아, 너를 포옹하마.

현자가 말하길 그게 제일 현명한 행동이라 하지 않던가.   25

사냥터지기 2 왜 꾸물거려? 체포하자구.

사냥터지기 1 잠깐 있어봐, 좀 더 들어보게.

헨리 왕 왕비와 아들은 원조를 청하러 프랑스에 갔고.

그리고 듣자하니 총사령관 워릭도 거기로 갔다지.

프랑스왕의 여동생을 왕비로 맞으려고.   30

이게 사실이라면,

불쌍한 왕비와 아들, 너희들의 수고는 헛일이구나.

워릭은 능변가이고

루이는 감동적인 말에 곧장 넘어가거든.

그런데 이런 점에서는, 마가렛도 그를 설득할지 몰라.   35

그녀 역시 몹시 가련한 처지이니까.

그녀의 한숨은 그의 가슴에 폭탄처럼 퍼부을 것이다.

---

36. 사슴의 머리와 가죽은 관습상 사냥터지기에게 주어짐.

그녀의 눈물은 대리석 심장도 뚫으리니.

사자도 그녀가 슬퍼하는 동안은 순해질 것이다.

40 그리고 네로도 그녀의 비탄을 듣고 눈물을 보노라면

죄책감에 물들리라.

그러나 그녀는 간청하러 갔고, 워릭은 주러 갔다.

그녀는 그의 왼편에서, 헨리를 도와 달라 간청하고

그는 오른편에서, 에드워드를 위한 아내를 청한다네.

45 그녀는 울면서 헨리가 폐위되었다고 말하고

그는 웃으면서 에드워드가 즉위되었다고 말한다네.

그래서 그녀, 그 불쌍하고 가련한 여인은 슬픔으로 인해

더 이상 말할 수가 없다네.

워릭이 권리 주장을 하며 그릇된 것을 호도하면서 힘찬 논리를

펼치는 동안에.

50 그리고 결국에는 동생을 주기로 약속하고 왕비를 물리칠 거야.

에드워드 왕의 지위를 강화하고 지지하는 것은

무엇이나 한다는 약속과 함께.

오, 마가렛, 그렇게 될 것이요. 그리고 당신, 불쌍한 영혼은

버림받는 거요. 버림받은 채로 간 것처럼.

55 **사냥터지기 2** 왕과 왕비에 대해 얘기하고 있는 당신은 누구요?

헨리 왕 보기보다는 나은 자지만 태어날 때보다는 못한 자요.

그래도 사람이야. 그 이하는 될 수 없으니까.

사람들이 왕에 대해 말하고 있는데, 나라고 안하겠소?

사냥터지기 2 그래요, 하지만 당신은 자신이 왕인 것처럼 말하잖소?

헨리 왕 마음속으로 왕이오. 그것으로 충분하오. 60

사냥터지기 2 당신이 왕이라면 왕관은 어디 있소?

헨리 왕 내 왕관은 내 마음 속에 있소. 내 머리 위에가 아니라.

  인디언의 보석으로 장식되어 있지 않고

  보이지도 않소. 내 왕관은 만족이라는 것인데

  그건 왕들이 좀처럼 누리지 못하는 왕관이오. 65

사냥터지기 2 좋아, 당신이 만족이라는 왕관을 쓴 왕이라면

  당신 왕관, 만족과 함께 당신이 만족해야겠소.

  우리랑 같이 가는 걸 말이오. 우리가 생각건대

  당신은 에드워드 왕이 폐위한 왕이구려.

  에드워드 왕의 신하로서 왕께 충성을 맹세한 우리는 70

  당신을 왕의 적으로서 체포하겠소.

헨리 왕 하지만 너희들 맹세하고 깬 적이 없느냐?

사냥터지기 2 그렇소. 맹세를 어긴 적도 없고 지금도 그럴 것이오.

헨리 왕 내가 영국의 왕이었을 때 너희들은 어디에 살고 있었느냐?

사냥터지기 2 지금 우리가 살고 있는 여기 이 나라에. 75

헨리 왕 나는 9개월일 때 기름 부은 왕이 되었다.

  내 부친과 조부는 왕이었고

  너희들은 나에게 참된 신하가 되기를 맹세했지.

  그러니 말해봐라, 너희들이 맹세를 어긴 것이 아니냐?

사냥터지기 1 아니오. 당신이 왕이었을 때에만 우리는 신하이니까요. 80

헨리 왕 아니, 내가 죽었나? 내가 숨을 쉬고 있지 않느냐?

  그래, 이 어리석은 자들아, 너희들이 맹세한 것을 모른다 말이냐?

봐라, 이 깃털을 나에게서 불어 날리면

바람이 내게로 다시 보낸다.

85   내가 불면 내 숨에 따라 다시 날라 가고

또 다른 바람이 불면 그 바람에 따라 날라 가지.

언제나 또 센 바람에 지배되어.

너희들, 백성들의 가벼움도 이와 같다.

그러나 맹세를 어기지 마라.

90   너희들이 내 간청 때문에 그런 죄를 지게 하기 싫으니.

어디로든지 데리고 가라. 왕인 내가 명령을 들을 터이니.

그리고 너희들이 왕이 되거라. 명령해라. 복종하겠다.

사냥터지기 1 우리는 왕의 참된 신하요. 에드워드 왕 말이요.

헨리 왕 헨리에게도 다시 그렇겠지

95   그가 에드워드 왕처럼 왕좌에 앉는다면.

사냥터지기 1 명령이다. 신의 이름과 왕의 이름으로,

우리와 같이 관리들에게 갈 것을.

헨리 왕 신의 이름으로 인도하라. 네 왕의 이름으로 복종하리니.

신의 뜻이 무엇이든, 그대들 왕이 실행하리니.

100   그의 뜻이 무엇이든, 나는 겸허히 따르리라.

모두 퇴장

2장

에드워드 왕, 글로스터 공작 리처드, 클라렌스 공작 조지,
엘리자베스 그레이 부인 등장

에드워드 왕 동생 글로스터, 이 부인의 남편, 리처드 그레이 경이

세인트 올번즈의 전투에서 죽임을 당했다.

그의 토지는 정복자에게 빼앗겼고

부인의 청원은 이제 그 토지를 다시 소유하게 해달라는 것인즉

거절한다면 정의롭다 하지 못할 것이다.   5

요크가를 위한 전투에서

그 훌륭한 신사가 목숨을 잃었으니까.

글로스터 전하께서 그녀의 청원을 허락하심이 마땅합니다.

거절한다면 불명예스러울 것입니다.

에드워드 왕 과연 그럴 거야. 잠깐만 쉬고 싶구나.   10

글로스터 [왕에게 방백] 그래, 그렇겠지?

내가 보기에 그 부인이 뭔가 들어줘야 될 것 같은데.

왕이 그녀의 보잘 것 없는 청원을 들어주기 전에.

클라렌스 그가 사냥하는 법을 알거든. 얼마나 바람을 잘 거슬러 나아가

는데![37]

---

37. 사냥개가 사냥감에게 자신의 냄새를 노출시키지 않게 하기 위해 바람 부는 방향에
   맞서있는 것. 에드워드를 사냥감을 쫓는 사냥개로, 그레이 부인을 사냥감에 비유함.

15 **글로스터** [클라렌스에게 방백] 조용히!

에드워드 왕 미망인이여, 당신의 청을 고려해 보리다.

다음에 오면 내 생각을 알 수 있을 거요.

그레이 부인 자비로운 왕이시여, 지금 알려주세요. 미루는 걸 참기 어렵습니다.

전하, 어떠한 대답이라도 좋으니 지금 해주세요.

20 전하의 뜻이라면 어떠한 것이라도 만족하겠어요.

글로스터 [클라렌스에게 방백] 그런가, 미망인?

그렇다면 토지는 내가 보장하지요.

그를 기쁘게 하는 것이 당신도 기쁘게 한다면.

가까이서 싸우시오. 성심껏. 그렇지 않으면 한 방 맞을 테니.

25 **클라렌스** [글로스터에게 방백] 나는 그녀 염려는 안 해.

그녀가 넘어지지만 않는다면.

글로스터 [클라렌스에게 방백] 왕이 결코 기회를 놓칠 리가 없지.

에드워드 왕 미망인이여, 아이들이 몇 명인지 말해 주겠소?

클라렌스 [글로스터에게 방백] 그녀에게 어린애 하나를 달라고 할 것 같네.

글로스터 [클라렌스에게 방백] 천만에, 젠장,

부인에게 애를 둘 쯤 만들어줄 모양이야.

그레이 부인 셋입니다. 참으로 자비로우신 전하.

30 **글로스터** [클라렌스에게 방백] 그대는 넷을 가질 것이오. 왕에게 복종한다면.

에드워드 왕 자식들이 아버지의 토지를 잃는 것은 참 안 된 일이오.

그레이 부인 불쌍히 여기소서, 경외하옵는 왕이시여. 그리고 그 토지를 수여해 주세요.

에드워드 왕 경들, 자리를 비켜주오. 이 미망인의 재간을 시험해 봐야겠소.

글로스터 [클라렌스에게 방백] 아, 기꺼이.

당신 마음대로 할 거니까요.

젊음이 당신을 떠나 지팡이에게 넘겨버릴 때까지요.　　　　35

글로스터와 클라렌스 물러난다.

에드워드 왕 이제 말해보시오, 부인. 당신 애들을 사랑하시오?

그레이 부인 예, 저 자신을 사랑하는 만큼 끔찍이요.

에드워드 왕 자식에게 좋다면 무엇이든지 하겠소?

그레이 부인 그들에게 좋다면 어떤 고통도 참겠어요.

에드워드 왕 그럼 그들에게 좋게 하기 위해서 그대 남편의 토지를 가시시오.　40

그레이 부인 그래서 제가 폐하를 뵙는 것입니다.

에드워드 왕 어떻게 그 토지를 가질 수 있는지 말해 주겠소.

그레이 부인 저더러 전하에 대한 충성에 매이라는 겁니까?

에드워드 왕 내가 토지를 준다면 어떤 충성을 하겠소?

그레이 부인 제가 할 수 있는 일이면 무엇이든 명령하소서.　　　　45

에드워드 왕 하지만 내 요청을 다 들어 주지는 않을 텐데.

그레이 부인 아닙니다, 자비로우신 왕이시여. 제가 할 수 없는 일만 빼고

는요.

에드워드 왕 그래요, 내가 요청하려고 하는 걸 할 수 없을 텐데.

그레이 부인 그럼, 전하가 명령하는 것을 하겠습니다.

글로스터 [클라렌스에게 방백] 열심히 그녀에게 공들이는군. 많은 비에

대리석도 닳는다는데.　　　　50

클라렌스 [글로스터에게 방백] 불처럼 달아올랐군! 아니 이제, 그녀의 밀랍이 녹을 수밖에.

그레이 부인 왜 말을 그만 두십니까? 제가 할 일을 듣지도 못했는데요.

에드워드 왕 쉬운 일이오. 왕을 사랑하기만 하면 되오.

그레이 부인 그런 일이라면 곧 수행하겠어요. 저는 백성이니까요.

55 **에드워드 왕** 그럼 그대 남편의 토지를 그대에게 기꺼이 주겠소.

그레이 부인 무량한 감사를 드리며 물러나겠나이다.

글로스터 [클라렌스에게 방백] 협상이 이루어졌군. 그녀가 절로써 협상을 승인하네.

그레이 부인 돌아서서 간다.

에드워드 왕 머무시오. 내가 하려는 말은 사랑의 결실이오.

그레이 부인 경애하옵는 왕이시여, 제가 말씀드린 것도 사랑의 결실이옵니다.

60 **에드워드 왕** 그래요? 그런데 다른 의미인 것 같아서 우려되오.
　　내가 간절히 구하고자 하는 사랑이 무엇이라 생각하오?

그레이 부인 죽을 때까지 저의 사랑과 제 겸허한 감사와, 저의 기도,
　　미덕이 구하고 미덕이 부여하는 사랑입니다.

65 **에드워드 왕** 아니오, 실은, 그런 사랑을 말했던 것이 아니오.

그레이 부인 제가 생각했던 것과 다른 것 같군요.

에드워드 왕 하지만 지금은 제 마음을 조금은 알만도 한데요.

그레이 부인 그렇다면 제 마음이, 제가 짐작건대, 전하께서 원하시는 것을
　　허락하지 않을 거예요. 제가 정확하게 짐작했다면요.

에드워드 왕 솔직히 말하자면 나는 당신과 함께 자리에 눕고 싶소.

그레이 부인 솔직히 말하자면 저는 차라리 감옥에 눕고 싶어요.   70

에드워드 왕 그렇다면 그대는 그대 남편의 토지를 갖지 못할 거요

그레이 부인 그렇다면 제 정조가 유산이 될 것입니다.

　　　　　정조를 잃으면서까지 그 토지를 구입하지 않겠습니다.

에드워드 왕 그리하면 그대는 자식들에게 큰 잘못을 저지르는 거요.

그레이 부인 이러시면 전하께서 저와 제 자식 둘 다에게 잘못을 저지르

　　　　　고 계십니다.   75

　　　　　하지만, 위대하신 왕이시여, 이런 농담은

　　　　　저의 진지한 청원과 어울리지 않나이다.

　　　　　가부를 말씀하시고 저를 물러나게 해주세요.

에드워드 왕 내 요청에 그대가 '예'라고 말한다면 예이고

　　　　　만약 그대가 내 요구에 '아니오'라고 말한다면 아니오.   80

그레이 부인 그럼 '아니오'입니다. 왕이시여, 제 청원은 끝났습니다.

글로스터 [클라렌스에게 방백] 저 미망인이 왕을 좋아하지 않나봐.

　　　　　이맛살을 찌푸리고 있어.

클라렌스 [글로스터에게 방백] 이 기독교 세계에서 저렇게 무례한 구애자는

　　　　　없을 거야.

에드워드 왕 [방백] 그녀의 표정이 정숙함으로 가득 차 있음을 나타내는군.

　　　　　그녀의 언변은 더할 나위 없이 그녀의 재치를 보여주고 있고,   85

　　　　　그녀의 완벽함은 견줄 대상이 없구나.

　　　　　어쨌든 간에 국왕에게 맞는 상대야.

　　　　　내 애인이 되든지, 왕비가 되든지 간에.

　　　　　국왕 에드워드가 그대를 왕비로 삼는다면 뭐라 하시겠소?

그레이 부인 자비하신 왕이시여, 말로는 쉬우나 행하기는 어려운 법입니다.

더구나 저는 농담 상대로는 적합하겠지만

왕비로는 터무니없이 부적합합니다.

에드워드 왕 사랑스런 미망인, 이 왕위에 두고 맹세코

더도 덜도 아니고 내 영혼이 원하는 바를 말하는 거요.

다시 말해 당신을 내 애인으로 삼고 싶소.

그레이 부인 그 말씀은 제가 따를 수 있는 것 이상입니다.

제가 왕비가 되기에는 너무 천하나

그렇다고 왕의 첩이 되기에는 너무 고귀합니다.

에드워드 왕 쓸데없는 트집 잡는구려, 미망인. 난 왕비를 말한 거였소.

그레이 부인 저의 아들이 전하를 아버지라 부르면 불쾌하실 것입니다.

에드워드 왕 내 딸들이 당신을 어머니라 부르는 것과 다름없소.

그대는 미망인이며 자식이 몇 명 있고

성모에게 맹세코, 나는 독신이긴 하지만

자녀들 몇 명을 두고 있소. 아무튼 행복한 일이 아니오.

많은 아들의 아버지가 되는 것은.

더 이상 답변 마오. 그대가 내 왕비가 될 터이니.

글로스터 [클라렌스에게 방백] 사제가 이제 고해 청문을 마쳤군.

클라렌스 [글로스터에게 방백] 그가 고해 신부 역을 한 것은 계략이었군.

에드워드 왕 동생들, 우리 두 사람이 무슨 이야기를 했는지 궁금하겠지.

글로스터 미망인은 안색이 몹시 슬픈 걸로 봐서 그 이야기를 좋아하지

않는 것 같던데요.

에드워드 왕 내가 그녀와 결혼한다면 너희들은 이상하게 여기겠지.

클라렌스 누구랑요? 전하?

에드워드 왕 그야 물론, 나지.

글로스터 적어도 열흘 동안은 놀랄 일이군요.

클라렌스 놀라움이 지속되는 날보다 하루 더 기네.[38]

글로스터 그만큼 놀라움의 정도가 심하다는 겁니다.   115

에드워드 왕 뭐, 농담은, 동생들도. 내 너희들에게 말하는데

　　　　　　남편의 토지에 관한 그녀의 청원은 허락했다.

　　　　　　　귀족 한 사람 등장 [제임스 해링턴 경]

해링턴 저의 자비로우신 왕이시여, 당신의 적인 헨리가

　　　　포로로 압송되어 성문에 와 있습니다.

에드워드 왕 런던 탑으로 호송되도록 조치하라.   120

　　　　　　그리고 동생들, 우리는 헨리를 데려온 자에게 가자.

　　　　　　체포경위를 물어보러.

　　　　　　미망인, 같이 갑시다. 경들, 부인을 정중하게 대해주오.

　　　　　　　　　　　　글로스터만 빼고 모두 퇴장

글로스터 그래, 에드워드는 여자들에게 정중하지.

　　　　　　그의 골수,[39] 뼈, 모두가 썩어 문드러졌으면,   125

---

38. nine days wonder와 관련. 세상을 놀라게 하는 일도 아흐레 이상 가지는 않는다는 것.

39. 흔히 사랑이 골수를 소모한다고 여겨짐. 여기서는 남자의 기력이나 정액에 대한 환
　　유어로 쓰임.

그래서 그의 아랫도리에서 어떤 유망한 가지도 생겨나지 못하게,

내가 고대하는 황금시대에 나를 방해할 가지.

그러나 저 호색한 에드워드의 왕권을 제거한다 해도

내 영혼의 바램과 나 사이에는

130 클라렌스와 헨리, 그리고 그의 아들인 어린 에드워드가 있다.

그리고 그들의 몸에서 나올 예상치 못한 자손들도.

내가 왕위에 오르기 전에 그들의 자리를 차지할.

내 목적을 위해서는 바람직하지 못한 형국이다!

그렇다면, 나는 왕권을 꿈만 꾸는 것이다.

135 갑에 서서 멀리 떨어진 해안, 그가 밟고 싶은 해안을

바라다보는 사람처럼,

그의 발이 눈과 같았으면 하면서.

그리고 그와 그 곳을 가르는 바다를 꾸짖는 거지.

바닷물이 마를 때까지 퍼내서 내 길을 내겠노라고 말하면서.

140 그렇게 나도 왕관을 소망하는 거다. 그렇게 멀리 떨어져서.

그리하여 나를 방해하는 것들을 꾸짖는다.

그리하여 내 길에 서 있는 자들을 없애겠다고 말한다.

불가능한 일들을 가지고 우쭐대면서.

내 눈은 너무 생생하고, 내 마음은 너무 주제넘도다.

145 내 손과 힘이 그들과 똑같지 않는 한.

자, 그럼 리처드를 위한 왕국은 없다고 치자.

이 세상이 어떤 다른 즐거움을 제공할까?

여자의 무릎을 내 천국으로 삼고

화려한 장식으로 내 몸을 꾸미고

내 언변과 외모로 달콤한 여인들을 유혹해 보리라.　　　　　　150

오, 생각만 해도 비참하다! 일어날 수 없는 일이다.

스무 개의 황금 왕관을 얻겠다는 것보다도.

아니, 어머니 뱃속에서 사랑의 여신이 나를 버렸으니

그녀의 달콤한 법칙을 다룰 수 없지.

사랑의 여신이 유혹에 빠지기 쉬운 자연을 매수하여　　　　　155

내 팔을 시든 관목처럼 오그라들게 하고

내 몸을 비웃는 기형물을 등위에 앉혀

혐오스런 산을 이루게 하였다.

내 다리는 짝짝이로 만들고

내 몸의 모든 비례를 무너뜨렸다.　　　　　　　　　　　　160

천지 창조 이전의 혼돈이나 어미 곰의 형태를 닮지 않아

어미 곰이 핥아주지도 않는 새끼 곰처럼.

이런 내가 사랑받을 수 있는 남자인가?

이러한 생각을 품는 것만으로도 끔찍한 죄가 아니냐!

그럼 이 세상이 내게 어떠한 기쁨도 주지 않으리니　　　　　165

명령하고 호통치고 전복시킬 수밖에

나보다 잘난 자들에게.

왕관을 꿈꾸는 것으로 내 천국을 만들겠다.

내가 살아있는 동안, 이 세상은 지옥일 따름이다.

이 흉한 몸통에 붙어 있는 머리가　　　　　　　　　　　　170

영광스런 왕관으로 둘러싸이기까지는.

하지만 왕관을 얻는 길을 아직 알지 못한다.

나와 내 목표 사이에는 많은 사람들이 서 있거든.

그리고 나는 마치 가시 많은 숲에서 길 잃은 사람처럼

175 가시를 뜯어내고 가시에 뜯기고 있다.

길을 찾다가 길에서 벗어나면서,

훤히 트인 길을 어떻게 찾는 줄도 모른 채로,

단지 필사적으로 그 길을 찾으려고 애쓰면서,

영국 왕관을 차지하기 위해 스스로에게 고통을 줄 뿐이다.

180 그 고통에서 나를 자유롭게 하리라.

해서 피비린내 나는 도끼로 찍어 내 길을 내겠다.

물론, 나는 미소 지을 수 있고, 미소 지으면서 살인할 수 있다.

내 마음을 슬프게 하는 것들에 대고 '만족한다'라고 외칠 수도 있고

꾸며낸 눈물로 내 뺨을 적실 수 있다.

185 그리고 모든 경우에 어울리는 표정을 만들 수도 있다.

인어가 한 것 이상으로 더 많은 선원을 익사시킬 테다.

바실리스크[40] 이상으로 이 눈으로 사람을 죽이겠다.

네스터[41] 못지않은 연설을 하겠다.

율리시즈 못지않게 교활하게 속이겠다.

190 그리고 사이넌[42]처럼 또 다른 트로이를 함락하는 거다.

나는 카멜레온보다 더 많이 몸빛을 바꿀 수 있고

---

40. 왕관을 쓴 가공의 뱀. 눈을 보는 것만으로도 죽일 수 있다고 함.
41. 트로이 전쟁 때 그리스군의 명장.
42. 버질의 아에네이드(*Aeneid*)에 나오는 인물. 트로이들에게 목마를 트로이 안으로 들이게끔 설득한 그리스인.

이익을 위해서는 프로테우스처럼 변신할 수 있다.
잔인한 마키아벨리도 내 제자다.
이런 것을 할 수 있는데 왕관을 갖지 못하리?
쳇, 그게 더 멀리 있어도 난 잡아챌 테다.   195

퇴장

3장

나팔소리. 프랑스 왕 루이, 그의 처제 보나, 부르봉이라 불리는 해군제독,
에드워드 왕자, 마가렛 왕비, 옥스퍼드 백작 등장.
루이는 앉았다가 다시 일어난다.

루이 왕 아름다운 영국의 왕비, 훌륭한 마가렛이여,

나와 함께 앉으시오. 루이는 앉아 있는데 그대가 서 있다니

당신 신분과 혈통에 맞지 않소.

마가렛 아닙니다, 위대한 국왕이시여. 이제 마가렛은 제 자신을 낮추고

당분간은 왕의 명령을 섬기는 법을 배워야 합니다.

실은 저는 이전의 황금시대에는 위대한 앨비언[43]의 왕비였지만

지금은 불운 때문에 제 지위가 짓밟히고

치욕스럽게도 땅바닥에 내동댕이쳐졌습니다.

그 땅바닥에서 제 신분에 맞는 자리를 취해

저의 초라한 지위에 제 자신을 맞추겠습니다.

루이 왕 아름다운 왕비여, 그리도 심한 절망이 어디서 유래하는지 말해

보겠소?

마가렛 그 이유 때문에 제 눈에는 눈물이 넘치고

말문이 막히며, 심장은 근심으로 잠겨있습니다.

루이 왕 무슨 이유든지 간에 여전히 당신은 왕비이니

---

43. Great Britain의 옛 이름. 영국 남부 해안의 백악질 절벽에 연유한 White Land의 뜻.

내 곁에 앉으시오.

그녀를 곁에 앉힌다.

그대 목을 운명의 멍에에 내놓지 말고

담대한 마음으로 모든 불운에 대항해 의기양양하시오.

솔직해 보시오, 마가렛 왕비. 그대 고통을 말해보시오.

프랑스가 도와줄 수 있다면, 그 고통이 완화될 거외다.   20

마가렛 그런 자애로운 말씀이 저의 의기소침한 마음을 소생시켜서

슬픔으로 묶여 있던 혀가 말을 하게 되는군요.

그러므로 이제 고명한 왕께 알려드리겠습니다.

내 영혼의 유일한 소유자인 헨리가

왕에서 추방자로 되었습니다.   25

그리고 스코틀랜드에서 쓸쓸히 살도록 강요받았습니다.

한편, 거만하고 야심 많은 에드워드, 요크 공작은

왕의 칭호와 영국의 기름부음 받은

정통 왕의 옥좌를 찬탈했습니다.

이것이 이 가련한 마가렛이   30

헨리의 상속자인 내 아들, 에드워드 왕자와 함께

왕의 정의와 합법적인 도움을 간청하러 온 이유입니다.

만약 왕께서 저희 기대를 저버리시면 저희 희망은 끝나는 것입니다.

스코틀랜드는 도와줄 의향은 있으나 그럴 형편은 못됩니다.

저희 백성과 귀족 둘 다 기만당하고 있고,   35

저희 재물은 몰수되고, 저희 병사들은 달아났습니다.

그리고 당신이 보시다시피, 저희들은 비참한 처지에 놓여 있습니다.

루이 왕 훌륭하신 왕비여, 인내심을 가지고 비통한 마음을 진정시키시오.

그 사이에 짐이 그 일을 해결한 방도를 궁리해볼 터이니 말이오.

40 **마가렛** 저희가 더 지체할수록 저희 적이 더 강해질 것입니다.

루이 왕 내가 더 지체할수록 내 도움은 더 커질 것이오.

마가렛 오, 진정한 슬픔에는 조바심이 따르게 마련입니다.

저기 내 슬픔을 일으킨 장본인이 오는군요.

워릭 등장

루이 왕 짐의 면전에 무엄하게 다가오는 너는 누구냐?

45 **마가렛** 워릭 백작이오, 에드워드의 가장 절친한 친구.

루이 왕 어서 오시오, 용맹한 워릭! 무슨 일로 프랑스에 오셨소?

루이 왕이 내려온다. 마가렛은 일어난다.

마가렛 그래, 이제 두 번째 폭풍우가 일기 시작하네.

이자야말로 바람과 조류를 움직이는 자이니까.

워릭 내 군주이며 왕이요, 당신과 맹세한 친구인

50 훌륭하신 에드워드, 앨비언의 왕으로부터

진정한 사랑과 호의를 가지고 왔나이다.

먼저 전하에게 인사드리고

다음으로는 우호 동맹을 간청하고

마지막으로는 그 우호를 혼인의 매듭으로

확고히 하기 위해서지요.   55

전하께서 유덕한 보나 양, 당신의 아름다운 처제를

영국 국왕과 합법적인 결혼을 하도록 허락해주신다면 말이오.

마가렛 [방백] 이 일이 통과되면, 헨리의 희망은 끝이다.

워릭   *보나에게 말한다.*

자비로운 부인, 저희 왕을 대신하여

당신의 허락과 호의 하에 당신의 손에   60

겸허하게 입을 맞추고, 제 입으로

제 군주의 마음의 열정을 전하라는 명을 받았소.

최근에 당신의 명성을 들으시고

그 가슴에 당신의 아름다운 모습과 미덕을 담고 계시오.

마가렛 루이 왕과 보나 양, 워릭에게 말하기 전에   65

제 말을 들어보소서. 그의 요구는

에드워드의 선의에서 나온 신실한 사랑이 아니라

필요에 의한 기만에서 나온 것입니다.

폭군이 어떻게 국내에서 안전하게 통치하겠습니까?

타국에서 동맹을 얻지 못한다면.   70

그가 폭군이라는 증거는 이 이유만으로 충분할 겁니다.

헨리가 아직 살아 있습니다. 죽었다 해도

여기 헨리 왕의 아들인 에드워드 왕자가 있습니다.

그러니, 루이, 이 동맹과 결혼으로

전하의 위험과 불명예를 초래하지 않도록 주의하세요.   75

찬탈자들은 잠시 통치할지 모르나

하늘은 정의롭고, 때가 오면 악은 패배하기 마련이니까요.

워릭 무례한 마가렛.

에드워드 왕자 왜 '왕비'를 안 붙여?

워릭 왜냐하면 네 아비 헨리가 찬탈을 했기 때문이지.

그리고 너는 네 에미가 왕비가 아닌 것과 마찬가지로 더 이상 왕
80   자가 아니야.

옥스퍼드 그렇다면 워릭은 스페인의 대부분을 정복한

위대한 존 오브 곤트의 지위를 빼앗는 거요.

그리고 존 오브 곤트 뒤에는 지혜의 현감인

헨리 4세가 있소.

그리고 이 현명한 군주 뒤에는 그의 용맹으로 프랑스 전역을
85   정복했던

헨리 5세가 있소.

이 분들로부터 우리 헨리는 직계 혈통을 이어받았소.

워릭 옥스퍼드, 이렇게 그럴 듯한 이야기 속에

어떻게 해서 헨리 5세가 획득한 땅 모두를 헨리 6세가
90   잃었는지 말하지 않는 거요?

프랑스의 귀족들이 거기에 대고 웃을 것이요.

하지만 그뿐만이 아니지. 당신은 62년간의 족보를 논하고 있는데

왕가의 기득권을 주장하기엔

너무도 보잘 것 없는 시간이다.

95 **옥스퍼드** 그럼, 워릭, 그대는 36년간 섬긴 군주를

비난할 수 있소?

그런 반역을 말하면서 얼굴 하나 붉히지도 않고서?

워릭 옥스퍼드, 전에는 정의를 옹호하던 네가

이제 와서는 계보를 내세워 거짓을 방어하느냐?

수치스럽다! 헨리를 버리고 에드워드를 왕이라 불러라. 100

옥스퍼드 그 자를 내 왕이라 부를 수 있겠는가?

그릇된 판결로 내 형, 오브리 비어 경을

사형에 처하게 한 자를? 게다가 그것보다 더한 것은

내 아버지를 사형에 처하게 하지 않았느냐?

만년의 쇠락기에, 자연이 죽음의 문턱으로 그를 데려간 그 시점

   에 말이다. 105

싫다, 워릭, 싫어. 생명이 이 팔을 지탱해 주는 한

이 팔은 랑카스터가를 받들겠다.

워릭 그럼 나는 요크가를.

루이 왕 마가렛 왕비, 에드워드 왕자, 그리고 옥스퍼드

짐이 부탁하니 자리를 비켜 주시오. 110

워릭과 좀 더 이야기를 하는 동안.

그들은 물러선다.

마가렛 하느님, 워릭의 말에 루이 왕이 현혹되지 않게 해주소서.

루이 왕 자, 워릭, 말해 보오. 양심에 대고.

에드워드가 그대의 진정한 왕이오?

옳지 않게 선출된 왕과 관계를 맺는 것은 싫으니 말이오. 115

워릭 거기에 제 평판과 명예를 걸겠소.

루이 왕 백성들도 그를 받아들이고 있소?

워릭 헨리가 그렇지 못한 탓에 더욱 그러합니다.

루이 왕 그렇다면 가식 없이

120   내 처제 보나에 대한 그 분의 애정 정도를

              사실대로 말해 보오.

워릭 그 애정은 군주에게 어울리는 애정 같았습니다.

              저 자신도 왕이 말하고 맹세하는 것을

              종종 들었는데

              그 분 사랑은 영원한 나무로서

125   뿌리는 미덕의 대지에 뿌리박고

              잎과 열매는 아름다운 태양으로 자라며

              보나 양이 그의 고통을 끝내주지 않는다면[44]

              원한은 없으나 모멸은 남을 거라고 하셨습니다.

루이 왕 자, 처제, 너의 마음을 말해 봐라.

130 **보나** 허락하든 거절하든 전하가 하라는 대로 하겠어요.

              [워릭에게 말한다.] 그러나 고백하건대 오늘 이전에도

              그대의 왕이 훌륭한 왕이라는 소문을 들을 때마다

              내 귀가 그 분을 갈망하라고 부추겼습니다.

루이 왕 그럼, 워릭, 짐의 처제를 에드워드께 드리겠소.

135   이제 즉시 미망인 재산권[45]에 대해 언급하는

---

44. 그의 열정을 사랑으로 보답해주지 않는다면.

45. 신부가 미망인이 되었을 때, 그 미망임을 지원하기 위해 작성되는 돈이나 토지의
    양도를 말함.

계약서를 작성합시다.

그것은 신부의 지참금과 동등해야 합니다.

마가렛 왕비, 가까이 와서, 보나가 영국왕의 부인이 되는 것에

증인이 되어 주시오.

에드워드 왕자 에드워드의 부인이오, 영국 왕이 아니라.   140

마가렛 교활한 워릭, 이것이 네 계략이렸다.

이 혼사로 내 청을 헛되게 하다니.

네가 오기 전에 루이는 헨리 편이었는데.

루이 왕 아직도 헨리와 마가렛의 친구요.

하지만 왕권에 대한 그대의 권리가 미약하다면 —   145

에드워드의 성공으로 보니 그런 것 같은데 —

그러면 내가 약속한 원조를 취소하는 게

도리가 아니겠소.

하지만 그대는 내 신분으로서 할 수 있는 모든 친절을

그대 신분에 맞게 받을 것이오.   150

워릭 헨리는 스코트랜드에서 편하게 살고 있소.

거기서, 아무 것도 가진 게 없으니, 잃을 것도 없소이다.

그리고 그대 자신, 우리의 이전 왕비로 말하자면

당신을 부양해줄 아버지가 있지 않소.

프랑스 왕보다 부왕을 성가시게 하는 게 나을 거요.   155

마가렛 닥쳐라, 이 뻔뻔하고 파렴치한 워릭,

왕을 세웠다 끌어 내렸다 하는 오만한 것!

나는 여기서 물러나지 않을 거다. 진실에 찬

내 말과 눈물로 루이 왕이

160   너의 교활한 사기와 네 군주의 거짓 사랑을 보게 하겠다.

너희 둘 다 똑같은 부류의 인간이니까.

안에서 전령을 알리는 나팔소리

루이 왕 워릭, 저기 전령이 그대에게인지, 짐에게인지 오는구려.

전령 등장

전령 [워릭에게 말한다.] 특사님, 이 편지는

당신 동생, 몬태규 후작이 보낸 것입니다.

165   [루이에게] 이것은 저의 국왕으로부터 폐하께.

[마가렛에게] 그리고, 부인, 이것은 당신에게. 누구로부터인지는 모릅니다.

그들 모두 편지를 읽는다.

옥스퍼드 뜻밖인 걸. 우리 아름다운 왕비는 그 기별에 미소를 지으시는데

워릭은 그 기별에 인상을 찌푸리다니.

에드워드 왕자 아니, 루이가 쐐기풀에 찔린 듯 발을 구르는 것을 보세요.

170   잘 되었으면 좋겠다.

루이 왕 워릭, 무슨 소식이오? 그리고, 아름다운 왕비, 당신 소식은?

마가렛 저의 소식은 기대하지 않은 기쁨으로 마음을 채우는 것입니다.

워릭 저의 소식은 슬픔과 마음을 화나게 하는 것으로 채워져 있습니다.

루이 왕 뭐? 그대 왕이 그레이 부인과 결혼을 했고

그리고 이제 와서, 당신과 그의 사기 행각을 무마하기 위해 175

종이 하나를 보내 나를 참으라고 설득시켜?

이것이 그가 프랑스와 맺으려 하는 동맹인가?

이런 짓으로 감히 짐을 모욕하려고 하는 건가?

마가렛 제가 그 전에 폐하께 말씀드린 바와 같습니다.

이것이 에드워드의 사랑과 워릭이 말하는 정직함의 실체입니다. 180

워릭 루이 왕, 제가 여기서 하늘에다 대고

그리고 천국의 지복을 누릴 거라는 희망을 걸고 공언합니다.

저는 에드워드의 악행과 무관하다는 것을요.

에드워드가 제 명예를 잃게 한 이상 더 이상 저의 왕이 아닙니다.

그러나 그가 자신의 수치를 깨달을 수 있다면,

가장 불명예스런 것은 그 자신입니다. 185

요크 가문 때문에 내 아버지가 때 아닌 죽음을 맞은 것을

나는 잊었단 말인가?

내 질녀가 당한 모욕을 간과하겠단 말이냐?

그에게 왕관을 씌워 준 것은 내가 아니었던가?

헨리의 국왕 세습권을 내가 빼앗지 않았던가? 190

그런데 결국에는 치욕으로 보상받는 건가?

몰염치한 에드워드! 내가 의당 받을 것은 명예이지 않은가.

그 자 때문에 잃은 내 명예를 회복하기 위해

이제 나는 그를 버리고 헨리 왕에게 돌아가오.

나의 고귀하신 왕비여, 뿌리 깊은 증오는 잊어버리시고 195

지금부터 저는 당신의 충복이 되겠습니다.

보나 양에 대한 그의 잘못을 복수하고

헨리를 그 전의 자리에 다시 앉히겠소.

마가렛 워릭, 이런 말들이 나의 증오를 사랑으로 바꿔놓는군요.

200 그러니 옛날 잘못을 용서하고 또 깨끗이 용서하겠어요.

그대가 헨리의 친구가 된 것을 기뻐하겠어요.

워릭 단연코 헨리의 친구예요, 예, 헨리의 진정한 친구요.

만약 루이 왕이 몇몇 선발된 병사를

저희에게 주신다면

205 그들을 우리 해안에 상륙시켜

싸워서 저 찬탈자를 몰아내겠소.

에드워드가 새로 맞은 신부는 그를 원조할 힘이 없소.

그리고 클라렌스로 말하자면, 내 편지에 쓰여 있는 바와 같이,

에드워드를 버릴 가능성이 높습니다.

210 그가 명예나 우리 국가의 안전이나 국력을 위해 결혼한 것이 아니라

음란한 정욕 때문에 한 것이니까요.

보나 경애하는 형부, 어떻게 보나가 복수를 하겠어요?

이 비탄에 빠진 왕비를 돕는 것 말고는.

마가렛 명성 높은 군주님, 불쌍한 헨리가 어떻게 살겠어요?

215 끔찍한 절망에서 그를 구원하지 않는다면요.

보나 제 명분과 이 영국 왕비의 명분은 같습니다.

워릭 아름다운 보나 양, 저의 명분도 두 분 것과 같소이다.

루이 왕 그럼 내 대의도 처제와 워릭, 마가렛의 것과 같소.

그러니 마침내 단단히 결심했소.

그대들은 내 원조를 받을 것이오.   220

마가렛 이 자리에서 바로 겸허히 감사드리나이다.

루이 왕 그럼, 영국의 전령, 신속히 돌아가서

뻔뻔한 에드워드, 소위 너의 왕이라는 자에게 전하거라.

프랑스의 루이가 가면무도회 무도꾼을 보낸다고.

그와 그자의 새 신부와 함께 즐길 무도꾼 말이다.   225

여기서 이러한 일을 네가 봤으니, 가서 왕을 겁먹게 해줘라.

보나 그에게 전하거라. 그 자 때문에 버드나무 관46을 쓰고서

그가 곧 홀아비가 되기를 바라고 있겠노라고.

마가렛 그에게 전하거라. 내 상복을 한쪽에 제쳐 놓고

갑옷을 입을 준비가 되었노라고.   230

워릭 그에게 전하거라. 그가 잘못을 내게 범했으니

오래지 않아 그의 왕관을 벗겨놓겠노라고.

[돈을 주며] 여기 심부름 값이다. 가거라.

전령 퇴장

루이 왕 그런데 워릭, 그대와 옥스퍼드는 오천의 병력을 거느리고

바다를 건너 못된 에드워드에게 선전포고를 하시오.   235

기회를 봐서, 이 고명한 왕비와 왕자는

새 병력을 이끌고 따라 갈 거요.

---

46. 전통적으로 버림받은 여인이 씀.

그런데, 그대가 가기 전에, 한 가지 의혹을 풀어 주시오.
그대의 확고한 충성을 무엇으로 보증하겠소?

240 **워릭** 저의 변함없는 충성을 이것으로 보증하겠습니다.
만약 우리 왕비와 왕자가 동의한다면
저의 장녀이자 저의 기쁨을
당장 혼인의 고리로서 왕자와 맺어 주고자 합니다.

마가렛 예, 좋습니다. 그리고 그 제안에 감사드려요.

245 내 아들 에드워드, 그녀는 아름답고 미덕 있으니
주저하지 마라. 네 손을 워릭 백작에게 내밀어라.
그리고 그 손과 더불어 워릭의 딸만을 너의 아내로 삼겠다는
변하지 않는 믿음도.

에드워드 왕자 예, 그녀를 맞겠습니다. 신부로 맞아들일 만하다 하시니까요.

250 그리고 여기 제 맹세를 보증하기 위해 제 손을 내밉니다.

그는 손을 워릭에게 내민다.

루이 왕 왜 지금 지체하고 있는 거요? 병사들을 징병하고
그리고 당신, 부르봉 경, 우리 해군 제독은
왕실 함대에 태워서 그들을 수송하오.
짐은 에드워드가 전쟁에 패해 몰락하는 걸 보고 싶소.

255 프랑스 부인[47]과의 결혼을 농락한 대가로.

워릭만 빼고 모두 퇴장

---

47. 보나 양을 말함.

워릭 에드워드의 특사로 왔으나

이제 그를 불구대천의 용서할 수 없는 적으로 전언하고 돌아간다.

그가 내게 준 임무는 결혼 문제였으나

끔찍한 전쟁이 그의 임무에 대한 답이 될 것이다.

조롱거리로 만들 사람이 나 밖에 없었단 말이냐?   260

그럼 그의 조롱을 슬픔으로 바꿀 자도 나밖에 없다.

나는 그를 군주로 오르게 한 주도자였으나

이제 그를 다시 끌어내릴 주도자가 될 것이다.

헨리의 불행을 동정해서가 아니라

에드워드가 나를 조롱한데 대한 복수를 위해.   265

퇴장

4막

1장

글로스터, 클라렌스, 소머셋, 그리고 몬태규 등장

글로스터 이제 말해 보아요, 클라렌스 형,

그레이 부인과의 새 결혼을 어떻게 생각하는지.

우리 형이 훌륭한 선택을 한 것 아닌가?

클라렌스 아, 너도 알다시피, 여기서 프랑스까지는 멀지.

5   어떻게 그가 워릭이 돌아올 때까지 기다릴 수 있겠어?

소머셋 경들, 이 이야기는 그만 하시오. 저기 왕께서 오시니.

나팔소리. 수행원을 동반한 에드워드 왕, 이제 엘리자베스 왕비가 된
그레이 부인, 펨브룩, 스태포드, 헤이스팅즈 그리고 다른 사람들 등장.
네 명은 한 쪽에, 다른 네 명은 다른 쪽에 선다.

글로스터 그리고 그가 잘 고른 신부도.

클라렌스 내가 생각하는 걸 솔직히 말하겠다.

에드워드 왕 자, 클라렌스 동생, 내 선택을 어떻게 생각하지?

10   불만스럽게 시무룩이 서 있다니.

클라렌스 프랑스의 루이나 워릭 백작과 같은 생각입니다.

그들은 용기와 분별력이 부족해서

우리가 모욕을 해도 전혀 화내지 않겠지만.

에드워드 왕 그들이 이유 없이 화낸다고 쳐도

그들은 루이고 워릭일 뿐이야. 나는 에드워드이고.   ₁₅

너희들의 왕이며, 워릭의 왕이다. 그러니 내 뜻대로 해야지.

글로스터 왕이니까 형 뜻대로 하세요.

하나 조급한 결혼이 잘되는 경우는 드뭅니다.

에드워드 왕 그래, 동생 리처드, 너도 화났어?

글로스터 아닙니다, 아녜요.   ₂₀

신이 맺어준 사람들이 갈라서기를

바랄 리는 없죠. 예, 그렇게 짝이 잘 맞는 사람들을

떼어 놓는다는 건 애석한 일이죠.

에드워드 왕 네 조소와 불만은 빼고

말해봐. 그레이 부인이   ₂₅

내 아내와 영국의 여왕이 되어서는 안 되는 이유를.

그리고 소머셋과 몬태규도

생각하는 바를 기탄없이 말해보오.

클라렌스 그럼 저의 의견을 말할게요.

루이 왕은 형의 적이 되었어요.   ₃₀

보나 양과의 결혼을 가지고 그를 농락한 것 때문에요.

글로스터 그리고 형이 부여한 임무를 수행했던 워릭은

이제 이 새 결혼 때문에 불명예스럽게 되었어요.

에드워드 왕 묘안을 궁리해서

둘을 달래보면 어떨까?   ₃₅

몬태규 하나 프랑스와 그런 동맹을 맺는 것이

국내의 어떤 결혼보다도 외적에 대하여

이 나라의 안전을 더 강화했을 겁니다.

헤이스팅즈 아니, 나라 안의 백성이 자기 본분에 충실만 하다면

40   영국은 안전하다는 걸 몬태규는 모르오?

몬태규 하나 프랑스의 후원을 받는다면 더욱 안전하겠죠.

헤이스팅즈 프랑스를 믿는 것보다 프랑스를 잃는 것이 더 나아요.

신에 의지하고 바다에 의지합시다.

바다야말로 신이 준 난공불락의 요새요.

45   바다에 의지해서 우리 자신을 방어합시다.

바다와 우리 자신에게 우리 안전이 놓여 있소.

클라렌스 이 한마디에 헤이스팅즈 경은

헝거포드 경의 상속녀와 결혼할 자격이 충분하군.

에드워드 왕 그래, 그것이 어때서? 그 일은 내 뜻이었고 허락이었다.

50   이 일에 관해서는 나의 뜻이 곧 법이다.

글로스터 하지만 스케일 경의 상속녀를

전하가 사랑하는 신부의 동생에게 준 일은

잘못한 것 같아요.

그녀는 나나 클라렌스에게 더 적합했을 텐데요.

55   하지만 신부 때문에 형제애를 잊어 버렸어요.

클라렌스 그렇지 않고서야 봉빌 경의 후계자인 따님을

새 부인 아들에게 주지 않았을 거예요.

동생들은 다른 신붓감을 알아서 찾도록 내버려 두고요.

에드워드 왕 아, 불쌍한 클라렌스! 네가 불만족스러운 것이

60   아내 때문이었느냐? 내가 주겠다.

클라렌스 형 자신의 선택에 있어서 형은 천박한 분별력을

보여주었어요. 제 중매는 제가 할 터이니

내버려 두세요.

그 일로 저는 곧 형을 떠날 생각이에요.

에드워드 왕 네가 떠나건 떠나지 않건, 에드워드는 왕이며   65

동생의 뜻에 얽매이지 않을 거다.

엘리자베스 왕비 경들, 폐하의 뜻으로

내 신분이 왕비의 신분으로 격상되었지만

저를 공정하게 평가한다면,

제가 비천한 출신이 아니었음을 경들은 인정해야 할 것입니다.   70

나보다 더 천한 자들도 이런 행운을 누렸소.⁴⁸

하나 이 자리가 저나 제 자식을 영예롭게 하는 만큼

여러분이 그렇게 싫어하시니, 저는 여러분을 기쁘게 해드려야 되

　는데,

저의 기쁨이 불안과 슬픔으로 어두워지는군요.

에드워드 왕 내 사랑, 그들이 못마땅해 하더라도 참으시오.   75

에드워드가 그대의 한결같은 친구이며

그들이 반드시 복종해야 할 군주인 이상

무슨 불안과 슬픔이 당신에게 닥친다 말이오?

아니오, 그들은 나에게 복종하고 당신도 사랑할 거요.

내 증오를 사려고 하지 않는다면.   80

만약 그들이 그런다면, 그대를 안전하게 보호하고,

---

48. 사실상 엘리자베스는 평민출신으로 영국의 왕비가 된 첫 번째 경우임.

그들은 내 분노의 맛을 보게 될 거요.

글로스터 [방백] 듣기만 하고 말은 많이 하지 말자. 생각은 더 많이 하고.

전령 등장

에드워드 왕 자, 전령, 프랑스로부터 서신이 왔나?

85   아니면 소식이라도?

전령 전하, 서신은 없고 몇 마디 말뿐이지만

전하의 특별한 용서가 없이는

감히 말씀드리지 못할 내용입니다.

에드워드 왕 원 참, 허락하겠다. 그러니 간략하게 말하라.

90   네가 할 수 있는 만큼 기억해서 그들이 한 말을.

루이 왕이 우리 편지에 대해 뭐라고 대답하더냐?

전령 제가 떠날 때, 그가 한 말은 이렇습니다:

'가서 뻔뻔한 에드워드에게 전하거라. 소위 너의 왕이라는 자 말이다.

프랑스의 루이가 가면무도회 무도꾼들을 보내겠노라고

95   그와 그의 새 신부와 함께 즐길.'

에드워드 왕 루이가 그렇게 용감한가? 나를 헨리라 생각하나 보지.

보나 양은 내 결혼에 대해 뭐라고 하던가?

전령 그녀의 말은 이렇습니다. 점잖게 경멸하는 투로

100   '그에게 전하거라. 그자 때문에 버드나무 관을 쓰고서

그가 곧 홀아비가 되기를 바라고 있겠노라'고.

에드워드 왕 그녀를 비난하지는 않겠어. 그 정도는 말하겠지.

내가 잘못했으니까. 그런데 헨리의 왕비는 뭐라고 하더냐?

그녀가 그 장소에 있었다고 들었는데.

전령 '그에게 전하거라'라고 말했습니다. '내 상복은 치워 놓고
갑옷을 입을 준비가 되었노라'고.   105

에드워드 왕 아마존 행세를 하기로 한 모양이군.
워릭은 이런 모욕에 대고 뭐라고 하더냐?

전령 그는 거기에 있는 사람 누구보다도 폐하에 대해 격분하여
저를 이런 말과 함께 떠나가게 했습니다.
'그가 잘못을 내게 범했으니   110
오래지 않아 그의 왕관을 벗겨놓겠노라고'

에드워드 왕 뭐? 그 반역자가 그리 오만한 말을 내뱉어?
좋아, 그렇게 사전 경고를 받았으니 내 무장을 할 테다.
그들은 전쟁을 치르고 그 대가도 치르게 될 것이다.
그런데 가만있어 봐, 워릭이 마가렛 편이냐?   115

전령 예, 자비로우신 전하, 그들은 돈독한 우정으로 잘 맺어져서
에드워드 왕자가 워릭의 딸과 결혼했습니다.

클라렌스 아마 맏딸이겠지. 클라렌스는 동생을 얻을 것이다.
자, 국왕 형님, 안녕하시고 왕 자리를 잘 지키세요.
나는 여기서 워릭의 딸에게로 갈 터이니.   120
내가 왕국은 못 얻었지만 결혼만큼은
형에게 뒤처지지 않는다는 걸 보여주리다.
나와 워릭을 좋아하는 자들은 나를 따르라.

클라렌스 퇴장. 소머셋 따른다.

글로스터 [방백] 난 가지 않겠다. 내 생각은 좀 더 높은 데 있지.

125 에드워드에 대한 사랑 때문이 아니라 왕관을 위해 있겠다.

에드워드 왕 클라렌스와 소머셋 둘 다 워릭에게 갔겠다?

최악의 경우에 대비해 무장해야지.

이런 절박한 상태에서 신속함이 필요하다.

펨브룩과 스태포드, 그대들은 짐을 대신하여

130 병사들을 징병하고 전쟁 준비를 시켜라.

그들은 이미 상륙했거나 아니면 곧 상륙할 것이다.

나 자신도 몸소 너희들을 곧장 따르겠다.

펨브룩과 스태포드 퇴장

내가 가기 전에, 헤이스팅즈와 몬태규,

내 의심을 풀어주오. 경들 두 사람은 혈연이나 동맹에서

135 다른 누구보다 워릭과 가까운 사이이니 말이오.

내게 말해 보시오. 그대들이 나보다 워릭을 더 사랑하는지.

만약 그렇다면, 둘 다 그에게로 떠나가시오.

나는 당신들이 거짓 친구보다 적이 되기를 바라겠소.

그러나 진정한 충성을 유지할 마음이라면

140 친구로서의 맹세와 더불어 나를 안심시켜 주시오.

그럼 결코 그대들을 의심하지 않을 테니.

몬태규 이 몬태규가 충성을 증명할 수 있도록 신이 도와주십니다.

헤이스팅즈 헤이스팅즈도요. 그도 에드워드의 명분에 찬성하는 만큼요.

에드워드 왕 자, 동생 리처드, 너는 우리 편에 서겠느냐?

글로스터 예, 형님께 항거하는 모든 자들에게 원한을 품고서요.

에드워드 왕 그럼 승리가 확실하다!

　　　이제 일각도 지체 말고 여기서 출발하자.

　　　워릭이 이끄는 외국군과 마주칠 때까지.

　　　　　　　　　　　　　　　　　　모두 퇴장

2장

영국에 온 워릭과 옥스퍼드가 프랑스 병사들을 데리고 등장

워릭   나를 믿으시오, 경. 지금까지는 모든 게 순조롭소.
사람들이 떼 지어 우리에게 몰려들고 있소.

클라렌스와 소머셋 등장

근데 소머셋과 클라렌스가 오는군요.
지체 말고 말해보시오, 경들. 우리 모두 한편이오?

5   **클라렌스**   그 점은 걱정 마시오, 백작.

워릭   그럼, 고결한 클라렌스, 워릭에게로 잘 오셨소.
그리고 환영하오, 소머셋. 믿지 못한다면 비겁한 것 아니겠소.
고결한 자가 사랑의 표시로서
손을 내밀고 맹세하는 것을요.

10   그렇지 않으면 에드워드의 동생인 클라렌스가
우리가 하는 일에 거짓된 친구로서 왔다고 생각할 거요.
소중한 클라렌스, 어서 오시오. 내 딸을 당신께 드리리다.
그리고 이제 남은 일은 야음을 타는 일뿐이오.
당신 형은 마음 놓고 야영하고 있고

15   그의 병사들은 호위병 몇 명 빼고는

마을에서 빈둥거리니 말이오.

기습 공격해서 우리 마음대로 그를 잡을 수 있지 않겠소.

우리 정찰병 보고로는 이 작전이 아주 쉬울 거랍니다.

율리시스와 디오메데스[49]가

술책과 용기로 레스 왕의 막사로 잠입하여   20

그곳으로부터 그 불길한 명마를 훔쳐냈듯이

우리도 그렇게 밤의 검은 망토로 온 몸을 감싸고서

불시에 에드워드의 경비병들을 때려눕히고

왕을 생포합시다―그를 죽이라는 말은 아니오.

나는 그를 그냥 기습할 의도밖에 없으니.   25

나와 같이 기습할 자는 나를 따르라.

지휘관과 같이 헨리 이름을 외칩시다.

                    그들 모두 외친다. '헨리!'

그럼 소리 없이 나아갑시다.

워릭과 그의 친구들을 도와주소서, 신이여, 조지 성자시여!

                                        모두 퇴장

---

49. 아르고스의 왕이며 호머의 『일리어드』에 의하면 아킬레스 다음으로 용감한 그리스인임.

3장

에드워드 왕의 막사를 지키는 세 명의 경비병 등장

경비병 1 자, 용사들, 각자 자기 위치에 서라.

이때쯤이면 왕이 주무시려고 의자에 자리 잡으실걸.

경비병 2 뭐, 왕이 침대에서 주무시지 않아?

경비병 1 맞아, 그래, 왕께서 엄숙하게 맹세하셨거든.

5   워릭이든 왕 자신이든 어느 한편이 완전히 정복될 때까지는

누워서 자연의 휴식을 취하지 않는다고.

경비병 2 그럼 내일이 그 날이 되겠구먼.

워릭이 소문처럼 가까이 있다면.

경비병 3 그건 그렇고, 왕하고 같이 이 막사에서

10   쉬는 귀족은 누구냐?

경비병 2 헤이스팅즈 경이야, 왕의 주요 측근.

경비병 3 그래? 근데 왜 왕이 주요 부하들을

근처에 있는 마을에서 자라고 명한 거야?

왕 자신은 이렇게 추운 들판에 있으면서.

15 **경비병 2** 위험할수록 더 명예스럽거든.

경비병 3 아, 나는 평온하고 존경받는 삶이 좋은데.

명예를 얻기 위해 위험하게 사느니.

만약 워릭이 지금 어떤 상황인지 안다면

그가 왕을 깨울는지 걱정이 되는구먼.

경비병 1 우리의 창으로 그의 길을 막지 않는 한 말이야. 20

경비병 2 그래, 우리가 왜 막사를 지키고 있겠어?

　　　　적으로부터 왕을 방어하는 것이 아니라면.

　　　워릭, 클라렌스, 옥스퍼드, 소머셋, 프랑스 군사 모두 조용히 등장

워릭 이것이 그의 텐트다. 경비병이 어디에 서있는지 살펴라.

　　　용기를 내라, 내 용사들이여! 지금 명예를 얻어라, 아니면 다시는

　　　없다!

　　　오직 나만 따르라. 에드워드는 우리의 것이 되리라. 25

경비병 1 거기 가는 게 누구냐?

경비병 2 멈춰라, 아니면 죽인다.

　　　워릭과 나머지 병사들 모두 외친다. '워릭, 워릭!' 그리고

　　　'무장, 무장하라!'라고 외치며 도망가는 경비병들을 습격한다.

　　워릭과 나머지들은 그들을 쫓아간다. 북을 치며 나팔을 분다. 워릭, 소머셋,

　　그리고 나머지 사람들, 가운을 입고 의자에 앉아 있는 왕을 데리고 등장.

　　　　글로스터와 헤이스팅즈가 무대에 오른다.

소머셋 저기 도망가는 자들이 누구냐?

워릭 리처드와 헤이스팅즈. 가게 내버려 둡시다. 공작이 여기 있으니.

에드워드 왕 '공작?' 그래, 워릭, 헤어질 때는 30

　　　　나를 왕이라고 부르더니.

워릭 그래, 하지만 사정이 바뀌었지.

네가 대사직 수행 중에 있는 나에게 치욕을 주었을 때

나는 너를 왕에서 폐위했어.

그리고 이제 너를 요크 공작으로 만들려고 왔지.

35   아, 어떻게 당신이 왕국을 다스리겠는가.

대사를 대우할 줄도 모르면서,

부인 하나로 만족할 줄도 모르면서,

형제를 형제답게 대우할 줄도 모르면서,

백성들의 안녕을 위해 노력할 줄도 모르면서,

40   자신을 적으로부터 숨길 줄도 모르면서.

에드워드 왕   그래, 동생 클라렌스, 너도 여기 있느냐?

그럼 에드워드는 몰락할 수밖에 없겠군.

하나, 워릭, 온갖 불운에도 불구하고

그대 자신과 너희 모든 공모에도 불구하고

45   에드워드는 언제나 그 자신을 왕으로 생각할 것이다.

운명의 여신의 적의로 내 지위가 뒤집어졌지만

내 마음은 그녀의 수레바퀴 둘레를 초월하거든.

워릭   그럼, 마음만으로, 에드워드는 영국 왕이 되거라.

그의 왕관을 벗긴다.

헨리가 영국 왕관을 쓸 것이고

50   정말로 진정한 왕이 될 것이다. 너는 그림자일 뿐.

소머셋 경, 부탁인데

즉시 에드워드 공작을 내 형 요크 대주교에게

호송되도록 해주시오.

펨브룩과 그의 일당과 싸운 후에

뒤따라가서 루이와 보나 공주가   55

그에게 보낸 답변을 이야기해주겠소.

자, 당분간 안녕히, 위대한 요크 공작이시여.

　　　그들은 에드워드 왕을 강제로 끌어내기 시작한다.

에드워드 왕　운명이 지워주는 것을 인간들은 따를 수밖에,

바람과 조류를 저항하는 건 무익할 뿐이다.

　　　　　　　　　　　　　　소머셋에게 호위되어 퇴장

옥스퍼드　경들, 이제 우리가 할 일이 뭐가 남았겠소?   60

병사들과 함께 런던으로 진군하는 것 말고는.

워릭　예, 우리가 해야 할 첫 번째 일은

감금 중인 왕을 구출시켜

왕좌에 앉히는 일이오.

　　　　　　　　　　　　　　　모두 **퇴장**

4장

리버즈와 엘리자베스 왕비가 울며 등장

리버즈 누님, 무슨 일로 이렇게 변하셨소?

엘리자베스 왕비 아니, 동생 리버즈, 아직도 모르느냐?

최근에 어떤 불운이 에드워드 왕에게 닥쳤는지.

리버즈 뭐, 워릭과의 대격전에서 패한 거요?

5 **엘리자베스 왕비** 아니, 왕의 옥체를 상실한 것.

리버즈 그러면 왕이 살해되었단 말이오?

엘리자베스 왕비 그래, 포로가 되셨으니 살해된 거나 마찬가지지.

경비병의 반역에 의해 배반을 당하셨던지 아니면

불시에 적에게 포위되었던지 해서.

10 그리고 그 후에 아는 바로는

최근에 요크 대주교에게 넘겨졌다는구나.

사나운 워릭의 형이며 우리의 적인.

리버즈 참으로 슬픈 소식이 아닐 수 없군요.

하나, 자비로운 누님, 할 수 있는 한 견뎌야죠.

15 워릭이 지금은 이겼지만 질 수도 있으니까요.

엘리자베스 왕비 그날까지는 여린 희망 때문에 내 생명의 쇠락이 지연될 거야.

그리고 그보다 절망에서 날 벗어나게 하는 건

내 뱃속에 있는 에드워드의 자식에 대한 사랑이야.

이것이 정말로 내가 비탄을 참아내고

내 불운한 인생을 유순히 견디게 하는 것이야.　　　　　　　20

아아, 이 아이 때문에 나는 많은 눈물을 집어 삼키고

피를 빨아들이는 한숨이 일어나는 것을 막고 있다.

내 한숨이나 눈물이 왕의 열매, 영국 왕관의 참 계승자를

날려 보내거나 익사시키지 않도록.

리버즈　근데, 누님, 워릭은 어디에 있습니까?　　　　　　　25

엘리자베스 왕비　그가 런던을 향해 오고 있다고 통지받았어.

헨리의 머리에 다시 한 번 왕관을 씌우려고.

나머지는 알 수 없지. 에드워드와 한 편인 자들은 항복해야만 해.

폭군의 횡포를 피하기 위해서ㅡ

한 번 신의를 저버린 자는 믿을 수 없으니까ㅡ　　　　　　　30

나는 즉시 여길 떠나 사원으로 가겠다.

적어도 에드워드의 왕권 계승자는 구해야 되니까.

폭력과 불신으로부터 안전한 그 곳에 머물겠다.

자, 그러니 달아날 수 있을 동안 달아나자.

만약 워릭에게 잡히면 보나마나 죽을 테니까.　　　　　　　35

모두 **퇴장**

5장

글로스터, 헤이스팅즈 경, 윌리엄 스탠리가 병사들과 함께 입장

글로스터 자, 헤이스팅즈 경과 윌리엄 스탠리 경,

놀라지 마시게. 왜 내가 당신들을

여기 이 수렵터의 가장 무성한 덤불로 데리고 왔는지.

상황은 이렇소. 당신은 우리의 왕인, 내 형이

5 주교에게 억류되어 있지만,

관대한 대우를 받고 상당한 자유를 누리고 있는 걸 알고 있지요.

뿐만 아니라 종종 어수룩한 호위병에게 호위된 채로

위안삼아 이 길로 사냥 나온다는 것도요.

내가 은밀하게 형님에게 알려 놨소.

10 만일 이 시각에 평소처럼 사냥하는 척 하면서 이리 나오시면

포로상태에 있는 형님을 구출하기 위해 그 분의 친구들이

말과 사람들을 대동하고 있는 걸 볼 수 있을 거라고요.

에드워드 왕과 사냥꾼이 그와 함께 온다.

사냥꾼 이쪽으로, 전하. 이쪽에 사냥감이 있습니다.

에드워드 왕 아니다, 이쪽으로, 이 사람아. 저기 사냥꾼들이

15 서 있는 걸 보게나.

자, 동생 글로스터, 헤이스팅즈 경, 그리고 여러분들

주교의 사슴을 훔치려고 이렇게 숨어 서 있는 거요?

글로스터 형님, 서두르셔야만 합니다.

수렵터 모퉁이에 말을 준비해 놨습니다.

에드워드 왕 하지만 이제 어디로 갈 것이냐? 20

헤이스팅즈 린으로요, 전하.

그 다음에 거기서 배를 타고 플랜더즈로요.

글로스터 잘 생각했소. 나도 그럴 의향이었거든요. 정말로.

에드워드 왕 스탠리, 당신 충성에 보답하겠소.

글로스터 한데 왜 머뭇거리는 거요? 이야기할 시간이 없소. 25

에드워드 왕 사냥꾼, 어쩔 테냐? 우리랑 같이 가겠나?

사냥꾼 여기서 꾸물거리다 교수형 당하느니 그게 낫겠죠.

글로스터 그럼 갑시다. 출발! 더 이상 법석 떨지 말고.

에드워드 왕 주교, 잘 있게. 신이 워릭의 노여움으로부터 그대를 보호하기를

그리고 내가 왕권을 되찾도록 기도해 주오. 30

모두 퇴장

6장

워릭과 클라렌스, 헨리 왕, 소머셋, 어린 헨리[리치먼드 백작],
옥스퍼드, 몬태규, 런던탑의 감독관 등장

헨리 왕 감독관, 신과 친구들의 도움 덕분에

에드워드는 왕좌에서 쫓겨나고

나는 유폐된 처지에서 석방되었으니

내 두려움은 희망으로, 내 슬픔은 기쁨으로 변했도다.

5 짐이 방면되었는데, 그대에게 어떻게 사례하면 되겠소?

감독관 신하가 군주에게 대가를 요구할 수는 없습니다.

하나 겸허한 청원이라도 할 수 있다면

저는 폐하의 용서를 간청합니다.

헨리 왕 뭐 때문에, 감독관, 내게 잘 대해준 것 때문에?

10 아니다. 나는 너의 친절에 보답해야 마땅하다.

그 덕분에 내 유폐생활이 즐거웠다.

마치 새장 속에 갇힌 새가

비참한 생각에 한동안 잠겨 있다가

마침내 노래로 집안을 채워

15 자유를 잃었다는 사실을 망각하게 되는 그런 즐거움 말이다.

한데, 워릭, 당신이야말로 나를 자유로이 했소. 신 다음으로.

그러니 신과 당신께 특히 감사드리오.

신은 기획자고 그대는 실행자요. 그런고로 나는

운명의 여신이 나를 해치지 못하는 낮은 위치에 기거함으로써

운명의 여신의 악의를 물리치고   20

이 축복받은 땅의 백성들이

내 불운으로 인해 벌을 받지 못하도록

워릭, 내 머리는 여전히 왕관을 쓰고는 있겠으나,

나는 이 나라의 통치권을 그대에게 양도하겠소.

그에게 위임장을 건넨다.

그대는 그대가 실행하는 일마다 운이 따르니 말이오.   25

워릭   전하는 늘 미덕으로 명망이 높으십니다.

그런데 이제 운명의 악의를 간파하고 피하심으로써

유덕하실 뿐만 아니라 지혜롭기까지 하십니다.

별을 달래는 자는 극히 일부이니까요

하나, 단 한 가지 점만은 전하를 책망해야 되겠나이다.   30

클라렌스가 있는데 저를 선택하시다니요.

클라렌스   아니오, 워릭, 당신이야말로 통치할 만하오.

하늘은 그대가 태어날 때

올리브 가지와 월계관을 그대에게 수여했소.

전쟁 시나 평화 시에 축복받으신 바와 같이요.   35

그러니 나는 그대에게 기꺼이 통치권을 양도하오.

워릭   그러면 저는 클라렌스를 섭정으로 추천합니다.

헨리 왕   워릭과 클라렌스, 두 분 다 손을 주시오

이제 손을 잡고 손과 더불어 마음도 합쳐

40 통치를 방해하는 어떠한 분쟁도 없도록 하오.

나는 두 분 모두를 이 땅의 섭정관으로 두는 한편

나 자신은 사적인 삶을 영위하고

죄를 참회하고 창조주를 찬양하기 위해서

여생을 기도로 보내겠소.

45 **워릭** 클라렌스는 왕의 뜻에 뭐라 하겠소?

클라렌스 워릭이 동의하면, 나도 동의하겠소.

당신의 운에 내 자신이 의지하고 있으니 말이오.

워릭 그럼, 내키지 않더라도 승낙할 수밖에요.

같이 멍에를 집시다. 헨리 왕의 두 그림자처럼.

50 그리고 그의 대리역을 합시다.

무슨 말인가 하면 그가 명예와 안락을 누리는 동안에

우리가 통치의 짐을 지자는 것이오.

클라렌스, 그럼 이제 즉시 에드워드를 반역자로 선포하고

그의 토지와 재산 모두를 몰수하는 일이

55 무엇보다 급하오.

클라렌스 아무렴요. 왕위 계승도 결정해야 겠지요?

워릭 예, 왕위계승권에 있어서는 클라렌스[50]도 포함될 것이오.

헨리 왕 하나 그대들이 할 주요 일들 중 무엇보다도

내가 간청하나니 ─ 난 더 이상 명령하지 않을 테니까 ─

60 마가렛 왕비와 내 아들 에드워드가

---

50. 클라렌스는 에드워드가 자식이 없을 경우 왕위를 계승할 위치에 있었음.

속히 프랑스로부터 돌아오게 해주오.

그들을 여기서 보기 전까지는 알지 못하는 두려움이

내 자유의 기쁨을 절반쯤 가려버리니 말이오.

클라렌스 나의 군주시여, 최대한 빨리 그렇게 되도록 하겠습니다.

헨리 왕 소머셋 경, 그 어린애는 누구요?   65

그대가 아주 소중하게 보살피고 있는 것 같은데.

소머셋 전하, 이애는 어린 헨리, 리치먼드 백작입니다.

헨리 왕 여기로 오거라, 영국의 희망.

그의 손을 그의 머리 위에 얹는다.

신비한 힘이 나의 예지가 사실임을 암시해준다면

이 귀여운 소년은 우리나라에 축복을 가져다 줄 것이다.   70

그의 용모는 평화로운 위엄으로 가득하고

머리는 왕관을 쓰도록 선천적으로 만들어졌으며

손은 왕홀을 쥐게 되어 있고

때가 되면 그 자신이 왕좌를 축복할 것이다.

이 애를 중히 여기시오, 경들. 이 애야말로 경들이   75

나 때문에 받은 상처 이상으로 경들을 도울 테니 말이오.

전령 등장

워릭 무슨 소식인가?

전령 에드워드가 당신 형님에게서 탈출하여

도망쳤는데, 그 후에 듣기로는 버건디 쪽이랍니다.

80 **워릭** 달갑지 않은 소식이구만! 그런데 어떻게 탈출했는가?

전령 글로스터 공작 리처드와 그를 수행하는 헤이스팅즈 경이

숲 언저리에 매복해서 그를 기다리고 있다가

주교님의 사냥꾼으로부터 구출하여 데려갔습니다.

85 사냥이 그의 일과였으니까요.

워릭 내 형님[51]이 그의 임무를 너무 소홀히 했군.

하나 군주시여, 앞으로 어떤 상처가 생기더라도

바를 수 있는 고약을 준비하겠습니다.

소머셋, 리치먼드, 옥스퍼드만 빼고 모두 퇴장

소머셋 워릭 경, 에드워드가 달아났다니 걱정되는군요.

90 의심할 나위 없이 버건디는 그를 도울 것이고

우리는 오래지 않아 전쟁을 치러야 할 거요.

헨리가 좀 전에 한 예언이

이 어린 리치먼드에 대한 희망으로 마음 벅찼는데

이제는 그처럼 마음이 불안합니다. 전쟁이 일어나면,

95 그에게나 우리에게나 어떤 해가 생길지 모르니 말입니다.

그러니, 옥스퍼드 경, 최악의 경우에 대비해

그를 당장 브리터니로 보내야겠소.

내란의 폭풍이 지나갈 때까지.

---

51. 조지 네빌, 요크 대주교

옥스퍼드 그럽시다. 에드워드가 왕관을 다시 차지한다면

　　　리치먼드가 다른 사람과 함께 몰락할 것 같소.　　　100

소머셋 그리 될 것이오. 그러니 그는 브리터니로 가야 될 거요.

　　　자, 어서 일을 서두릅시다.

　　　　　　　　　　　　　　　　　　　모두 퇴장

4막 6장 145

7장

나팔소리. 에드워드, 글로스터, 헤이스팅즈,
네덜란드 병사들이 고수와 함께 등장

에드워드 왕 자, 동생 리처드, 헤이스팅즈 경, 그리고 여러분

이제 운명의 여신이 이전처럼 우리에게 행운을 주시고

나의 몰락한 지위를 헨리의 왕권과 한 번 더

바꾸라고 말하오.

5 우리는 바다를 무사히 건넜고 그리고 다시 건너왔고

버건디의 지원도 받아 왔소.

라벤스퍼그 항구에 도착하여

요크 성문 앞까지 왔으니 이제 남은 일은

우리의 공작령으로 들어가는 것 말고는 무엇이 있겠소?

헤이스팅즈가 성문을 두드린다.

10 **글로스터** 성문이 잠겨 있네? 형님, 걱정되네요.

많은 사람들이 문지방에서 넘어지면

집안에 위험이 도사리고 있다고 경고하는 거라는데요.

에드워드 왕 쯧, 전조에 겁먹어선 안 된다.

무슨 방법으로든 우린 들어가야 돼.

15 여기로 우리 편이 오기로 했거든.

헤이스팅즈 전하, 다시 한 번 두들겨서 사람을 부르겠습니다.

그는 두드리고 고수는 북을 친다.

성벽 위에 요크 시장, 시의원들 등장

시장 경들, 당신네들이 온다는 통고를 받고서
우리 안전을 위해 성문을 잠갔소.
지금 우리는 헨리 왕에 대한 충성을 맹세했거든요.

에드워드 왕 하나 시장님, 헨리가 당신의 왕이라 할지라도,   20
에드워드는 적어도 요크 공작이오.

시장 맞소, 당신을 잘 알고 있습니다.

에드워드 왕 그럼, 나는 내 공작령만 요구할 뿐이고
그것만으로 만족하오.

글로스터 [방백] 그래도 여우가 코를 들여놓기만 하면   25
몸뚱아리가 들어갈 방법을 금방 찾는다니까.

헤이스팅즈 근데, 시장님, 왜 그리 의심하며 서있는 거요?
문을 여시오. 우리는 헨리 왕의 친구들이오.

시장 예, 그래요? 문을 열어드려야죠.

그는 내려온다.

글로스터 현명하고 용감한 시장이 금방 설득되네!   30

헤이스팅즈 저 선량한 노인은 자기가 비난받을까 봐
우리를 들여보내려는 거요. 하지만 일단 들어가면

시장과 시의원을 확실히 설득시킬 수 있을 거요.

시장이 손에 열쇠를 들고 시의원 두 명과 아래로 등장

에드워드 왕 시장님, 이 성문을 닫아서는 아니 되오.

35 밤이나 전쟁 시를 제외하고는.

이봐요, 두려워 마시고 열쇠를 내게 주시오.

열쇠를 받는다.

나 에드워드가 이 마을과 그대, 그리고 나를 따르는
모든 자들을 지켜줄 터이니 말이오.

행진곡. 몽고메리가 고수와 병사들과 함께 등장

글로스터 형님, 이 분이 존 몽고메리 경입니다.

40 우리가 믿을 만한 친구입니다. 제가 잘못 보지 않았다면요.

에드워드 왕 어서 오시오, 존 경. 그런데 왜 무장하고 온 거요?

몽고메리 모든 충신들이 그러해야 하듯이
이런 폭풍의 시기에 에드워드 왕을 도우려고요.

에드워드 왕 고맙소, 훌륭한 몽고메리. 그러나 현재는

45 왕권에 대한 우리 권리는 잊어버리고
오직 공작령을 요구할 뿐이오. 신이 나머지를 기꺼이 주실 때까
지는요.

몽고메리 그러면 안녕히 계십시오. 저는 이제 돌아갈 테니까요.

저는 공작을 구하고 왕을 섬기려고 왔거든요.

고수, 북을 쳐라. 행군하자.

고수 행진곡을 치기 시작

에드워드 왕 아니 잠깐 멈추시오, 존 경. 왕관을 안전하게   50
되찾을 방법을 의논해 봅시다.

몽고메리 무슨 의논을 한다는 거요? 단적으로 말해서,
당신이 여기서 당신 자신을 왕이라고 주장하지 않는다면
나는 당신을 당신 운에 맡기고 떠나겠소.
당신을 도와주러 온 자들을 막으니 말이오.   55
당신이 아무 권리도 주장하지 않는데 왜 우리가 싸우겠소?

글로스터 아니, 형님, 무엇 때문에 사소한 문제를 가지고 숙고하십니까?
결심하시고 왕권을 주장하세요.

에드워드 왕 우리가 더 강해지면 주장을 할 거요.
그 때까지는 우리 의도를 숨기는 게 현명한 거요.   60

헤이스팅즈 그런 신중한 생각은 버리시오! 지금은 무력으로 지배해야만
합니다.

글로스터 마음에 두려움이 없어야 왕위에 빨리 오를 수 있어요.
형님, 우리는 형님을 즉시 왕이라고 공표하겠습니다.
그 소식이 많은 사람들을 끌어 모을 거예요.

에드워드 왕 그럼 네 뜻대로 하라. 왕권은 나의 권리이고   65
헨리가 그것을 찬탈했을 뿐이니까.

몽고메리 예, 이제야 저의 군주께서 그답게 말씀하시는군요.

이제 저는 에드워드 왕권의 옹호자가 되겠습니다.

헤이스팅즈 나팔을 불라. 에드워드를 여기서 국왕으로 선포한다.

70 자, 병사, 이 포고문을 읽어라.

나팔소리

병사 에드워드 4세는 신의 은총에 의해, 영국과 프랑스의 왕이며,
아일랜드의 영주이며, 등등.

몽고메리 누구든지 에드워드 왕의 권리에 도전하는 자는
이것으로 그 자에게 일대 일로 도전하겠다.

그의 장갑을 던진다.

75 에드워드 4세 만세!

모두 에드워드 4세 만세!

에드워드 왕 고맙소, 용감한 몽고메리. 여러분 모두 고맙소.
운이 나를 도와준다면, 이 호의를 갚으리다.
자, 오늘 밤은 여기 요크에서 묵고

80 아침 해가 지평선 경계 위로
황금수레를 몰고 나오면
우리는 워릭과 그 일당을 향해 진격할 것이다.
내가 알기로 헨리는 병사도 아니니까.
아, 못된 클라렌스, 사악하도다.

85 헨리에게 아첨하고 제 형을 버리다니!

하나, 어차피, 우리는 그대와 워릭과 대결할 것이다.
자, 용감한 병사들, 그날의 전투를 두려워 말고
일단 승리만 하면 많은 상을 내릴 것을 기대하라.

나팔소리. 진군. 모두 퇴장

8장

나팔소리. 헨리 왕, 워릭, 몬태규, 클라렌스, 옥스퍼드 등장

워릭 경들, 무슨 계획이 있소? 에드워드가 벨기에로부터

야만적인 네덜란드인과 독일군을 이끌고

영국해협을 무사히 건넜소.

그리고 그의 군대들이 전속력으로 런던으로 진군하고 있고

많은 변덕스러운 백성들이 그에게 떼 지어 몰려들고 있소.

헨리 왕 병사들을 징집해서 그를 다시 칩시다.

클라렌스 작은 불은 밟아서 끌 수 있지만

내버려두면 강물로도 끌 수가 없습니다.

워릭 워릭셔에 저의 충실한 친구들이 있습니다.

평화 시에는 조용히 있지만 전쟁 시에는 대담한 사람들이오.

그들을 소집하겠소. 그리고 너, 사위 클라렌스는

서포크, 노포크, 켄트에 있는 기사와 향사들을

분기시켜 데리고 오라.

몬태규 동생은 버킹햄, 노섬프턴, 레스터서에서

동생의 명을 따르고자 하는 사람들을

찾을 수 있을 것이다.

그리고 당신, 용감한 옥스퍼드는 옥스포셔에서

매우 존경받고 있으니 그대 편들을 소집하오.

전하께서는 충성스러운 시민들과 함께
저희가 올 때까지 런던에서 쉬고 계십시오.　　　　　　　20
마치 대양에 둘러싸인 섬처럼,
아니면 님프로 둘러싸인 정숙한 다이애너처럼요.
존경하는 경들, 떠나시오. 더 이상 말하지 말고.
안녕히 계십시오, 전하.
헨리 왕　잘 가오, 나의 헥터. 내 트로이의 참 희망이여.　　25
클라렌스　진실됨의　표시로 전하 손에 입 맞추나이다.

　　　　　　　왕의 손에 입맞춤한다.

헨리 왕　절개 있는 클라렌스,[52] 행운을 비오.
몬태규　편히 계십시오, 전하. 저는 물러납니다.

　　　　　　　왕의 손에 입맞춤한다.

옥스퍼드　이렇게 나의 충성을 봉하고 작별합니다.

　　　　　　　왕의 손에 입맞춤한다.

헨리 왕　훌륭한 옥스퍼드와 내 친애하는 몬태규　　　30
　　　모두에게 다시 한 번 인사하니 안녕히들 가시오.
워릭　잘 가오, 친애하는 경들. 코벤트리에서 만납시다.

---

52. 드라마틱 아이러니임. 나중에 클라렌스는 헨리 왕을 배신함.

헨리 왕 잠시 동안 여기 이 궁전에 머무르겠소.

엑스터 경, 어떻게 생각하오?

35 전장의 에드워드 병력이

우리 병력을 대적하지 못할 것 같지 않소?

엑스터 문제는 그가 더 많은 사람들을 끌어 모으는 것입니다.

헨리 왕 그 점은 염려하지 않소. 내 덕망으로 인해 나의 평판이 좋으니

말이오.

나는 백성들의 요구에 내 귀를 닫은 적이 없고

40 그들의 청을 지연시킨 적도 없소.

내 연민은 그들의 상처를 치료하는 향유였고

내 온유함으로 그들의 터질 듯한 슬픔을 달래주었고

내 자비로 그들의 넘쳐흐르는 눈물을 말렸소.

나는 그들의 부를 탐낸 적이 없으며

45 세금으로 그들을 탄압한 적도 없고

복수를 하고자 하지도 않았소—그들이 심한 잘못을 저질렀을지라도

그러니 왜 그들이 나보다 에드워드를 좋아하겠소?

그렇소, 엑스터. 이런 덕목은 사랑을 받아야 마땅하오.

사자가 양을 잘 대해주면

50 양이 사자를 따르게 마련이오.

[안에서 외친다.] '랑카스터! 랑카스터'[53]

---

53. 요크 일당의 도착을 알리는 소리이거나 에드워드가 궁으로 들어가기 위한 계략으

엑스터 들어 보십시오, 전하! 이게 무슨 외침입니까?

에드워드와 병사들 등장

에드워드 왕 저 소심한 헨리를 붙잡아서 여기로 끌고 와라.

다시 한 번 나를 영국의 왕이라 선포한다.

너는 작은 개울을 흐르게 하는 샘일 뿐이다

이제 너의 원천은 말랐고, 내 바다가 개울물을 빨아들여 마르게

할 것이다.   55

그리고 개울물이 빠진 만큼 내 바닷물은 더 높아질 것이다.

그를 런던탑으로 데리고 가라. 이야기하지 못하게 하고.

헨리 왕 호위되어 엑스터와 함께 퇴장

경들, 코벤트리를 향하여 우리 방향을 돌립시다.

거기에 거만한 워릭이 남아 있으니.

햇빛은 뜨겁게 비추고 있는데, 우리가 지체하면   60

차겁고 매서운 겨울이 우리가 기대했던 수확을 망쳐놓을 거요.

글로스터 빨리 갑시다. 그가 병력을 집결하기 전에.

엄청나게 강해진 반역자를 기습합시다.

용맹한 전사들이여, 코벤트리를 향해 신속히 진격하라.

모두 퇴장

로서 부르는 소리일 수 있다.

5막

1장

워릭, 코밴트리 시장, 전령 두 명, 다른 사람들 성벽 위에 등장

워릭 용맹한 옥스퍼드로부터 온 전령이 어디에 있느냐?

너의 주인, 내가 믿을 수 있는 친구는 여기서부터 얼마나 떨어져 있지?

전령 1 지금쯤은 던스모어에서 이쪽을 향해 진군하고 있을 것입니다.

워릭 내 동생 몬태규는 얼마나 떨어져 있느냐?

몬태규로부터 온 전령은 어디 있지?

5 **전령 2** 지금쯤 데인티리에, 강력한 군대를 이끌고요.

소머빌 등장

워릭 말해보시오, 소머빌. 내 사위 클라렌스는 뭐라고 말하던가요?

당신 추측에 의하면 클라렌스가 이제 얼마나 가까이 있는 거요?

소머빌 제가 서덤에서 그와 그의 부대를 떠났습니다.

10 약 두 시간이면 여기로 올 거라 예상합니다.

행진하는 북소리

워릭 그러면 클라렌스가 가까이 왔군. 그의 북소리가 들리오.

소머빌 이건 그의 북소리가 아닙니다, 워릭 경. 서덤은 이쪽에 있지요

경이 들으신 북소리는 워릭 시 쪽에서 진군하는 것입니다.

워릭 그럼 누구일까? 기대하지 않았던 우리 편일지도.

소머빌 그들이 가까이 왔으니 금방 알게 될 겁니다. 　　　　　　　　15

　　　　　행진. 나팔소리. 에드워드, 리처드, 그리고 병사들 등장

에드워드 왕 가라, 나팔수, 성으로 가서 화평 교섭 나팔을 울려라.

글로스터 저 거만한 워릭이 성벽에 병사들을 배치한 걸 보세요.

워릭 오 성가신 골칫거리, 호색가 에드워드가 왔는가?

　　　　　우리 정찰병이 어디에서 자고 있었나, 아니면 매수를 당한 건가?

　　　　　저들이 온다는 소식을 듣지 못했으니. 　　　　　　　　　20

에드워드 왕 자, 워릭,　성문을 열고

　　　　　공손히 말하고 겸손히 무릎을 꿇고

　　　　　에드워드를 왕이라 부르고 자비를 빌어라.

　　　　　그러면 너의 이런 횡포를 용서하겠다.

워릭 싫다. 너야말로 여기서 네 군사들을 물러나게 하라. 　　　　25

　　　　　너를 왕위에 세웠다가 끌어내린 자가 누구인지 고백하고

　　　　　워릭을 은인이라 부르고 참회해라.

　　　　　그러면 너는 여전히 요크 공으로 남을 것이다.

글로스터 적어도 '왕'이라고 부르리라 생각했는데

　　　　　아니면 워릭의 뜻과는 어긋나게 농담을 한 건가? 　　　　30

워릭 공작 령이라면, 경, 훌륭한 선물 아니오?

글로스터 아, 맹세코, 가난한 백작이 주기에는.

　　　　　이렇게 훌륭한 선물을 주었으니 그대를 섬기겠다.

워릭 네 형에게 왕국을 준 것은 나였어.

에드워드 왕 그럼, 그건 내 것이지. 워릭의 선물이라고 하더라도.

워릭 너는 그렇게 무거운 짐을 질 아틀라스가 못돼.

그러니, 이 약골아, 내가 준 선물을 다시 뺐겠다.

헨리가 내 왕이고, 워릭은 그의 신하이다.

에드워드 왕 그러나 워릭의 왕은 에드워드의 포로야.

그러니, 용감한 워릭, 이것만 대답해봐라.

머리가 잘린 몸을 무엇이라 하느냐?

글로스터 아, 워릭이 신중치 못해서

열 끗 자리 패를 훔치려고 생각하는 사이

킹을 카드 한 벌에서 도둑맞았네!

너는 가여운 헨리를 주교관에 남겨놓았지만

십중팔구는 그를 런던탑에서 만날 것이다.

에드워드 왕 정말 그렇다. [워릭에게] 하나 너는 여전히 워릭이야.

글로스터 자, 워릭, 기회를 놓치지 마. 무릎을 꿇어, 꿇어.

아니, 언제? 쇠는 달궈 있을 때 두드려야지.

워릭 차라리 이 손을 단번에 잘라서

다른 손으로 그것을 잡아 네 얼굴에 내던져서 너를 치겠다.

너에게 돛을 내리는 것을 참느니.[54]

에드워드 왕 바람과 조류가 네 편일 때 네가 할 수 있는 한 항해하지 그러냐.

이 손으로 네 시커먼 머리털을 칭칭 감아서

네 머리가 갓 잘려 온기가 있는 동안

네 피로 땅위에 이렇게 쓰겠노라.

---

54. 배의 중간 돛을 항복이나 존경의 표시로 내리는 것과 관련.

'바람처럼 잘 변하는 워릭이 이제는 더 이상 변할 수 없다'고.

고수와 기수와 함께 옥스퍼드 등장

워릭   오, 유쾌한 군기이군! 저기 옥스퍼드가 오네.
옥스퍼드 옥스퍼드, 옥스퍼드, 랑카스터를 위해!

그와 그의 군대 입성

글로스터 문이 열렸다. 우리도 들어가자.   60
에드워드 왕 그러면 그 쪽이 우리 배후로 습격할 수 있다.
          정렬을 잘 갖춰 서 있어라. 분명히
          그들이 다시 나와 싸우자고 할 터이니.
          그렇지 않다면, 시의 방어가 허술한 것이니
          반역자들에게 단숨에 재빨리 달려드는 거다.   65

옥스포드 위에서 출현

워릭   오, 어서 오시오, 옥스퍼드. 당신 도움이 필요한 참이오.

몬태규가 기수와 고수와 함께 등장

몬태규 몬태규, 몬태규, 랑카스터를 위해!

그와 그의 군대 입성

글로스터 너와 네 동생 둘 다 반역의 대가를 치를 것이다.
　　　　네 몸속에 지닌 그 생생한 피로.

　　　　　　　　　　몬태규 위에서 출현

70　**에드워드 왕** 싸움이 힘들수록 승리도 크다.
　　　　운을 얻어 승리할 거라고 기대되는군.

　　　　　　　소머셋 고수와 기수와 함께 등장

소머셋 소머셋, 소머셋, 랑카스터를 위해!

　　　　　　　　그와 그의 군대 입성

글로스터 너와 같은 이름인 소머셋 공작 둘이
　　　　이미 요크가에 목숨을 팔았고

　　　　　　　　　소머셋 위에서 출현

75　네가 이제 세 번째가 될 것이다. 이 검을 휘두르면.

　　　　　　　클라렌스 고수와 기수와 함께 등장

워릭　저런, 클라렌스가 오는구나.
　　　　자기 형과 싸우기에 충분한 군대를 거느리고.
　　　　그에게는 정의에 대한 열망이 더 강한 거지.

형제애에 대한 본능보다.

클라렌스 클라렌스, 클라렌스, 랑카스터를 위해!　　　　　　　　　80

에드워드 왕 너도, 브루터스? 너도 시이저를 찌를 거냐?

이봐, 클라렌스에게 화평 교섭 나팔을 불어!

　　　화평교섭 나팔을 분다. 글로스터와 클라렌스가 속삭인다. 그러고 나서
　　　클라렌스는 그의 빨간 장미를 모자에서 빼내 워릭에게 던진다.

워릭 클라렌스, 이리 와라, 와. 워릭이 부르면 오겠지.

클라렌스 장인, 이게 무엇을 의미하는지 아시오?

여기 내 치욕을 당신에게 던지는 걸 보시오.　　　　　　　　　85

나는 내 선친의 가문을 망하게 하지 않겠소.

내 선친은 그 분의 피로 돌을 붙여

랑카스터가를 세웠소. 워릭, 클라렌스가 그렇게 거칠고 비도덕적

　이며, 어리석다고 믿으셨소?

전쟁의 치명적인 도구를　　　　　　　　　　　　　　　　90

형이며 적법한 왕에 대항해서 들이댈 만큼?

아마 당신은 내가 한 맹세에 대고 나를 비난하겠지.

하지만 그 맹세를 지키는 것이 더 불경스러운 거요.

그의 딸을 제물로 바친 제프터[55]보다 더.

나는 내가 저지른 죄를 매우 후회하오.　　　　　　　　　　95

---

55. 성서 판관기(Judges) 11장에 나오는 이야기. 이스라엘 판관 제프터(입다)는 암몬과
　　의 전쟁에서 이긴 보답으로 그의 집 문 앞에 나타난 첫 번째 것을 주님께 제물로
　　드리겠다고 맹세함. 그의 집 앞에서 처음으로 마주친 것이 그를 마중하기 위해 나
　　온 딸이었으므로 딸을 제물로 바쳐야 했음.

내 형의 처사에 나를 맡길 만큼.

여기서 나 자신은 그대를 불구대천의 적이라고 단호히 공포하오.

어디서 그대를 만나든지 간에ー

그대가 성 밖으로 나간다면 그대를 만나겠지ー

100 당신이 나를 사악하게 인도한 대가로 그대를 벌하겠소.

이 거만한 워릭, 너에게 도전한다.

그리고 내 얼굴을 붉히며 내 형에게 돌아간다.

용서해 주십시오, 에드워드 형님. 제 잘못을 고치겠습니다.

리처드, 내 잘못을 책하지 마라.

105 이제 더 이상 변심하지 않겠으니.

에드워드 왕 더욱 더 환영한다. 열 배나 더 소중하구나.

네가 우리 미움을 받을 짓을 결코 하지 않았을 때보다도.

글로스터 어서 오시오, 선한 클라렌스. 이런 게 바로 형제 아니겠소.

워릭 오 지독한 반역자, 거짓 맹세에 정의롭지 못하다!

110 **에드워드 왕** 이봐, 워릭, 시 밖에서 싸우겠느냐?

아니면 돌 세례를 받겠느냐?

워릭 아, 여기서 방어할 준비가 되지 않았다.

바넷으로 곧 떠나

전투를 걸겠다, 에드워드. 네가 감히 그렇게 한다면.

115 **에드워드 왕** 그래, 워릭, 나 에드워드가 감히 도전한다.

경들이여, 전장으로! 성 조지여, 승리를!

모두 퇴장[에드워드 왕과 그의 일행은 아래로, 워릭과 그의 일행은 위로]. 행진.

2장

나팔소리와 전투. 에드워드가 부상당한 워릭을 끌고 등장.

에드워드 왕 그래 거기 누워라. 죽어라. 우리의 두려움 죽어라.

워릭은 우리 모두를 두렵게 한 벌레였다.

자, 몬태규, 경계해라. 너를 찾고 있으니

워릭의 해골에 동반자가 되게 하려고.   [퇴장]

워릭 아, 누구 가까이 없는 거냐? 내게 와라. 내 편이든 적이든지 간에. 5

누가 이겼는지 말해다오. 요크냐 워릭이냐?

내가 왜 그걸 묻지? 내 난도질당한 몸이 보여주는데

내 피, 내 기력의 쇠진, 내 아픈 심장이 보여주는데

내 몸을 땅에 내어 줘야만 한다는 것을.

그리고 내 몰락으로 승리는 적에게 돌아간 것을.   10

삼나무도 도끼날에 이렇게 넘어가는구나.

그 가지는 새들의 왕인 독수리에게 은신처를 주었고

그 그늘 아래 사나운 사자가 잠을 자고

그 꼭대기는 주피터의 뻗어나간 나무[56]를 능가했고

겨울의 세찬바람으로부터는 낮은 관목을 보호했지.   15

이 눈은 이제 죽음의 검정 베일로 흐려지는구나.

한때 한낮의 태양처럼 관통하여

---

56. 활엽수 중의 최고인 오크 나무

세상의 비밀스런 역모를 찾아냈는데.

내 이마의 주름은 이제 피로 채워졌지만

20   왕들의 무덤으로 종종 비유되었었지.

왕으로 산 자에게도 그의 무덤을 파줄 수 있었으니까.

워릭이 인상을 쓰면 감히 웃는 자가 있었던가?

자, 이제 내 영광은 피와 먼지로 희미해졌다.

내 사냥터, 내 산책로, 내 장원마저도

25   이제 나를 버리는 구나. 그리고 그 많은 땅 가운데

내 몸뚱아리의 길이만큼을 제외하곤 내게 남는 게 없구나.

아니, 부귀영화, 권력, 지배가 다 무엇이냐? 흙과 먼지뿐인 걸.

우리가 어떻게 살았든 우리는 죽어야만 하지 않는가.

옥스퍼드와 소머셋 등장

소머셋 아, 워릭, 워릭, 그대가 우리와 같은 상태라면,

30   우리 손실을 다시 회복할 수 있을 텐데.

왕비가 프랑스에서 강력한 군대를 이끌고 오고 있는데.

지금 막 그 소식을 들었소. 아, 당신이 도주할 수 있다면!

워릭 그럼 난 도망가지 않으려오. 아, 몬태규,

동생이 거기 있다면, 사랑하는 동생, 내 손을 잡아주게나.

35   그리고 동생의 입으로 내 영혼을 잠시 붙잡아다오.[57]

동생은 나를 사랑하지 않는가. 동생, 동생이 나를 사랑한다면

---

57. 죽어가는 사람의 영혼이 입을 통해 날아간다고 여겨졌던 것과 관련.

동생의 눈물로 차갑게 굳은 이 피를 씻어다오.

내 입을 봉해 말도 못하게 하는 이 차갑게 굳은 피를.

어서 와라, 몬태규. 그렇지 않으면 나는 죽는다.

소머셋 아, 워릭, 몬태규가 마지막 숨을 쉬고 말았소.   40

그리고 마지막으로 숨을 거둘 때까지 소리쳐 워릭을 부르고

'내 용맹한 형님에게 나를 맡겨달라고'고 말했소.

그가 더 말하려고 하면 할수록

그 소리는 마치 천장이 둥근 방 안에 있는 대포소리 같아

무슨 소리인지 식별할 수 없었소. 그러나 마지막에   45

신음하면서 '아, 잘 있어, 워릭!' 하는

소리는 잘 들을 수 있었소.

워릭 동생의 영혼이 편히 쉬기를. 경들, 도망쳐서 당신 자신들을 구하시오

워릭이 여러분 모두에게 안녕을 고하나니─천국에서 만나기를.

                                    그가 죽는다.

워릭 갑시다. 갑시다. 왕비의 대군을 맞이하러.   50

                                    두 사람은 그의 시신을 끌고 퇴장

3장

나팔소리. 승리에 찬 에드워드 왕이 리처드와 클라렌스, 병사들과 함께 등장

에드워드 왕   지금까지 우리 운은 상승일로였고

승리의 화관과 더불어 명예가 주어졌소.

하나 이처럼 햇빛이 밝게 빛나는 날 한가운데에서도

검고 의심쩍고 위협적인 구름을 엿볼 수 있으니,

그것은 우리의 영광스러운 해가 편안한 서쪽 침상에

5   들기 전에 맞닥뜨리는 것이오.

내 말은, 여러분, 왕비가 갈리아에서 일으킨

군대가 우리 해안에 도착했다는 것이오.

짐이 듣기로는 우리와 싸우려고 진군하는 중이오.

10   **클라렌스**   바람이 조금 불면 그런 구름쯤이야 곧 흩어지게 해서

본래 왔던 곳으로 날려 버릴 겁니다.

형님의 빛이 그 수증기를 말려 버릴 거요.

모든 구름이 폭풍을 수반하는 것은 아니니까요.

글로스터   왕비의 군대는 3만으로 추정됩니다.

15   그리고 소머셋은 옥스퍼드와 같이 왕비에게로 도주했어요.

왕비가 숨 쉴 여유가 있다면, 확고히 할 것입니다.

왕비 일당도 우리만큼 강력하게 될 수 있도록요.

에드워드 왕   친애하는 우리 편이 알려준 바로는

그들은 튜크스베리를 향해 그들의 항로를 잡고 있다는 거요.

우리는 바넷 전장에 최강의 군대가 있으니 20

거기로 곧장 갑시다. 마음이 있으면 먼 길도 금방이니까.

그리고 우리가 진군함에 따라 우리 병력은 증강될 것이요.

모든 마을에서 우리를 따라 나설 것이니.

북을 쳐라. '용기를'이라고 외쳐라, 가자!

나팔소리. 행진하며 모두 퇴장

4장

나팔소리. 행진곡. 마가렛 왕비와 에드워드 왕자, 소머셋,
옥스퍼드가 병사들과 고수와 함께 등장

마가렛 위대한 경들이여, 현자는 손실을 한탄하면서 앉아 있는 법이 없고

즐겁게 그 손실을 만회할 방법을 찾는 법이죠.

비록 돛대가 바람에 날려 배 밖으로 떨어졌고

닻줄이 끊어지고, 닻은 없어지고

5   선원의 반이 물에 빠졌지만,

수로 안내인[58]은 아직 살아있습니다.

그가 키를 버리고 겁먹은 아이처럼

눈물가득한 눈으로 바다에 눈물을 보태

그러지 않아도 너무도 많은 물을 가진 바다에 더 큰 힘을 주고

10   그가 우는 동안 그 배는 바위에 부딪혀 쪼개진다면 그게 적절합니까?

근면과 용기가 있으면 그 배를 구할 수 있었는데도 말이에요.

아, 부끄러운 일입니다. 얼마나 큰 잘못이에요!

워릭이 우리 닻이라고 칩시다. 그게 뭐 어떻다 말이에요?

몬태규가 우리의 중간 돛대라고 칩시다. 그게 뭐 어떻다 말이오?

15   우리 살육당한 친구들이 삭구라 칩시다. 그게 뭐 어떻다 말이오?

어쨌든, 여기 옥스퍼드가 또 다른 닻이지 않겠소?

---

58. 헨리 6세

그리고 소머셋이 또 다른 멋진 돛이 아니겠소?

프랑스 친구들이 우리 돛대 밧줄이며 삭구가 아니겠어요?

그리고 비록 서투르더라도 네드[59]와 내가

솜씨 좋은 수로 안내인의 역할을 맡으면 아니 되겠소?   20

키를 버리고 주저앉아 울 것이 아니라

우리 갈 길을 계속 갑시다. 거친 바람이 우리를 막더라도

암초와 암석 때문에 난파가 되더라도

파도에게 점잖게 이야기하는 것 못지않게 파도를 꾸짖는 것도 좋
    습니다.

에드워드가 뭐겠어요, 무자비한 바다가 아니라면?   25

클라렌스가 무엇이겠어요, 속임수를 쓰는 암초가 아니라면?

그리고 리처드가 무엇이겠어요, 뾰족뾰족한 치명적인 암석이 아
    니라면?

이 모든 것들이 우리 가련한 배의 적이오.

여러분이 수영할 수 있다 칩시다. 그것도 잠깐이오.

모래 위를 걸어 보시오. 거기에 금방 가라앉을 거요.   30

바위에 올라서 보시오. 물살이 여러분을 쓸어버릴 것이요.

아니면 굶주릴 것이오—이것은 삼중의 죽음이오.

경들, 여러분을 이해시키기 위해 이렇게 말하노니

여러분 들 중의 누군가 우리로부터 달아나는 경우가 발생한다면

그것은 형제들에게 아무런 희망도 없는 자비가 될 것이오.   35

가혹한 바다보다, 모래보다도, 암초보다도 더요.

---

59. 에드워드, 마가렛의 아들

자, 그러니 용기를 내시오! 피할 수 없는 것을

한탄하거나 두려워하는 것은 어린애 같은 유약함일 뿐이오.

에드워드 왕자 겁쟁이도 이처럼 용맹한 정신을 지닌 여인의 말을 들으면

가슴이 용기로 가득 차리라 생각합니다.

그 겁쟁이가 그녀가 말하는 것을 듣기만 한다면요.

그리고 그가 맨손으로 무장한 병사를 물리치게 할 것입니다.

여기에 있는 어떤 사람을 의심해 이런 말을 하는 게 아니고

두려움에 떠는 사람이 한사람이라도 있을까봐 그러는 겁니다.

그런 자는 즉시 떠나야만 합니다.

위급 시에 다른 사람에게 영향을 주어 그 사람도 그 자와 같은 정신을

가지지 않도록 하기 위해서요.

그런 자가 여기 있다면, 맹세코,

우리가 그 자의 도움을 필요로 하기 전에 떠나시오.

옥스퍼드 아녀자들도 용기가 이렇게 백배인데

전사들이 겁먹다니요! 이런 일은 지울 수 없는 수치가 되고 말거요.

용감하고 혈기 넘치는 왕자님, 그대 고명한 증조부가

그대 안에서 다시 살아있는 것 같소. 만수무강하셔서

증조부의 모습을 지니고 그의 영광을 되찾으소서.

소머셋 그런 희망을 가지고 싸우지 않을 자는

집에 가서 잠이나 자시오. 대낮의 부엉이처럼.

대낮에 부엉이가 일어나 있으면, 놀림 받고 이상하게 여겨지니

말이오.

마가렛 고맙소, 고매한 소머셋. 소중한 옥스퍼드, 고맙소.

에드워드 왕자 아직 아무것도 가진 것이 없으니 저의 감사나 받아주세요.

전령 등장

전령 여러분, 준비하시오. 에드워드가 가까이 있으니까요. ⁶⁰
     싸울 준비를 하십시오. 단호하시오.

옥스퍼드 그럴 거라 생각했소. 이게 그 자의 전술이지요.
     우리가 준비되지 않았을 때 급하게 서두르는 것 말이요.

소머셋 하나 그는 속은 거요. 우리는 준비가 되었으니.

마가렛 여러분의 충절을 보니 내 마음도 힘이 납니다. ⁶⁵

옥스퍼드 여기서 전투 대열을 갖춰라. 이곳에서 꿈쩍하지 마라.

나팔소리. 그리고 행진곡. 에드워드 왕, 글로스터, 클라렌스, 병사들 등장

에드워드 왕 용감한 여러분, 저기 가시나무가 서 있소.
     하늘의 도움과 여러분의 힘으로 저 나무를
     뿌리에서부터 쳐내야 하오. 밤이 오기 전에.
     여러분의 불길에 더 이상의 연료를 내가 보탤 필요는 없을 것이오. ⁷⁰
     여러분이 불길로 태워 버릴 것을 잘 아니까요.
     개전 신호를 하라. 진격하라, 경들!

마가렛 경들, 기사들, 그리고 신사 여러분, 눈물이 가로 막아
     무슨 말을 해야 할지 모르겠어요. 내가 말할 때마다
     여러분도 보다시피 내 눈의 눈물을 마시게 되니까요. ⁷⁵
     그러니, 이것 외엔 더 이상 말하지 않겠소. 여러분의 군주, 헨리는

적의 포로가 되었고, 그의 왕위는 찬탈 당했으며
왕국은 도살장이 되었고, 신하는 살해되었으며
법령은 파기되었고, 국고는 탕진되었습니다.

이처럼 나라를 망치고 있는 늑대가 저기 있습니다.
정의를 위해 싸우시오. 그런 다음 신의 이름으로, 경들
용감무쌍하시오. 개전신호를 하라.

경보. 후퇴나팔. 전투장면. 모두 퇴장

5장

나팔소리. 에드워드 왕, 글로스터, 클라렌스, 병사들, 마가렛, 소머셋 등장

에드워드 왕 이제 시끄러운 소동은 끝이 났다.

옥스퍼드를 헤임스 성으로 곧장 끌고 가라.

소머셋은 참수하라.

그들을 여기서 끌고 나가라. 그들이 말하는 걸 더 이상 듣고 싶지 않다.

옥스퍼드 나도 너하고 말하고 싶지 않다.   5

호위를 받으며 퇴장

소머셋 나도 마찬가지다. 인내심을 가지고 운명에 굴복할 뿐이다.

호위를 받으며 퇴장

마가렛 이 어지러운 세상에서 우리가 슬프게 헤어지지만

즐거운 예수살렘에서 기쁘게 만나기를.[60]

에드워드 왕 에드워드 왕자를 찾는 자는 많은 보수를 주고

그 자의 목숨은 살려준다는 포고가 만들어졌느냐?   10

글로스터 네, 저기 에드워드가 옵니다.

에드워드 왕자가 병사들과 함께 등장

---

60. 예루살렘은 천국을 상징함.

에드워드 왕 저 한량을 이리 끌고 와라. 뭐라고 하는지 좀 들어보게.

아니, 이렇게 어린 가시가 벌써 찌르기 시작하느냐?

에드워드, 어떤 배상을 하겠느냐?

15 무기를 들어 신하들을 선동한데 대해.

내게로 향한 그 모든 말썽에 대해.

에드워드 왕자 신하답게 말해라, 이 오만하고 야심에 가득 찬 요크.

내가 내 아버지를 대신해서 말한다고 생각해라.

왕좌에서 내려와, 내가 서 있는 곳으로 와서 무릎을 꿇어라.

20 이 반역자야, 네가 내게 대답해야 할 말을

내가 너에게 해 줄 동안 말이다.

마가렛 네 아버지가 그렇게 단호했더라면!

글로스터 그러면 너는 페티코트를 입고 있을 것이고

랑카스터가의 바지를 절대로 훔쳐 입지 않았을 텐데.

25 **에드워드 왕자** 이솝 우화는 겨울밤에나 지껄여라.

그런 비열한 수수께끼 같은 말은 이 자리에 어울리지 않아.

글로스터 맹세코, 이 애새끼야, 네가 한 말의 대가로 고통을 받게 해주겠다.

마가렛 아, 너야말로 인간들에게 고통이 되려고 태어났지.

글로스터 제발 이 말 많은 여자를 끌고 나가라.

30 **에드워드 왕자** 아니다, 이 말 많은 곱사등이를 끌고 나가라.

에드워드 왕 닥쳐, 이 버릇없는 놈, 아니면 네 혀에 주문을 걸겠다.

클라렌스 이 본데 없는 놈 같으니라구. 너무 건방지군.

에드워드 왕자 나는 내 본분을 안다. 너는 네 본분을 모르고 있고.

호색한 에드워드, 그리고 너, 맹세를 깬 조지,

그리고 너, 병신 딕,⁶¹ 너희 모두에게 이야기하는데   35

너희들보다 내가 더 나아. 너희들 반역자보다.

너희들은 내 아버지의 왕권과 나의 왕권을 찬탈했지.

에드워드 왕 자, 받아라. 여기 이 욕쟁이를 닮은 놈.

그를 찌른다.

클라렌스 이것은 내가 맹세를 깼다고 비난한 대가다.   40

그를 찌른다.

마가렛 아, 나도 죽여라!

글로스터 그러마.   [그녀를 찌르려 한다.]

에드워드 왕 잠깐, 리처드, 잠깐, 이만하면 됐다.

글로스터 살려두면 온 세상을 말로 채울 텐데요.

마가렛 졸도한다.

에드워드 왕 뭐야, 졸도했나? 정신 차리게 방도를 취해 봐.   45

누군가 왕비의 코를 비튼다.

글로스터 [클라렌스를 옆으로 잡아끌며] 클라렌스, 형님 왕께 양해를 구해줘요.

중대한 일로 런던에 가려고요

----

61. 천한 사람에 대한 상투적 호칭.

형님들이 거기로 오기 전에 소식을 들을 거예요.

클라렌스 뭐? 뭐라고?

50 **글로스터** 런던탑, 런던탑요!

마가렛 오, 네드, 착한 네드, 네 어미에게 말 좀 해봐라, 아들아!
말을 할 수 없다는 말이냐? 아, 반역자들! 살인자들!
시저를 죽인 자들도 살인을 저질렀다고 할 수 없고
죄를 짓지 않았으며, 비난받을 만하지 않다.

55 이 악행과 비교한다면.
시저는 어른이요, 그에 비하면 이애는 어린애다.
어른들은 그들의 광분을 어린애에게 퍼붓지 않는다.
살인자보다 더한 악당을 뭐라고 불러야 하나?
아니다, 아니다, 내가 말한다면, 내 가슴은 터질 것이다—

60 하나 내 가슴이 터져도 말해야지.
백정이며 악당들, 잔혹한 식인종들,
이 어린 나무를 크기도 전에 잘라버리다니.
너희들은 애들도 없느냐, 이 백정들아! 만약에 있다면
애들 생각 때문에라도 동정심이 일어났을 텐데.

65 만약 너희들이 행여나 어린애를 갖게 된다면
그 애가 어릴 적에 이처럼 살해당하는 것을 보아라.
살인집행자들, 너희들이 이 귀여운 어린 왕자를 없앤 것처럼.

에드워드 왕 저 여자를 끌어내라. 강제로라도 여기서 끌고 가라.

마가렛 아니, 여기서 나가지 않겠다. 나를 여기서 죽여라

70 내 몸을 너의 칼집으로 써라. 나를 죽여도 용서해주마.

아니, 그러지 못하느냐? 그러면, 클라렌스, 네가 해라.

클라렌스 맹세코, 너를 그렇게 편하게 하지는 않을 거다.

마가렛 선한 클라렌스, 죽여라. 착한 클라렌스, 네가 해라

클라렌스 내가 그러지 않겠노라고 맹세한 것을 못 들었나?

마가렛 그래, 하지만 너는 너 스스로 맹세를 깨곤 하지 않았느냐?   75

그것이 전에는 죄였지만 이번에는 자선행위이다.

아니, 안 해? 악마의 백정, 리처드는 어디에 있느냐?

추악한 리처드, 리처드, 어디에 있나?

여기 없는 건가? 살인이야말로 네 자선행위인데

피를 간청하는 자들을 절대로 거절한 적이 없지 않느냐?   80

에드워드 왕 끌고 가라. 명령이다.

마가렛 너와 너 자식들에게 이 왕자와 같은 일이 생기기를!

시종들, 에드워드 왕자의 시체를 들고서 마가렛 왕비를 강제로 끌고 나간다.

에드워드 왕 리처드는 어디에 갔느냐?

클라렌스 런던으로 급히 갔습니다. [방백] 런던탑에서 피비린내 나는

저녁을 하려는 거겠지.   85

에드워드 왕 리처드는 생각이 머리에 떠오르면 당장 실행하거든.

이제 여기서 출발하자. 병사들은 해산하라.

돈을 주고 치하도 하고. 런던으로 가자.

내 온화한 왕비가 잘 지내는지 봐야겠다.

지금쯤이면, 내 아들을 낳았을 성 싶은데.   90

모두 퇴장

6장

헨리 6세, 글로스터, 성벽 위에 감독관과 함께 등장

글로스터 전하, 안녕하십니까? 독서를 열심히 하십니까?

헨리 왕 그래, 선한 공작, ㅡ그냥 공작이라고 말해야 했는데
     아첨하는 것은 죄이지. '선한'은 아첨보다 더 한 게 아닌가.
     '선한 글로스터'와 '선한 악마'라는 말은 똑같지 않은가
5   둘 다 괴상하기로는. 그러니 '선한 공작'은 아니다.

글로스터 여 봐, 자리를 비켜라. 상의해야 하니.

감독관 퇴장

헨리 왕 저 부주의한 목자가 늑대로부터 달아나는군.
     그렇게 처음에는 천진한 양이 털을 내주고
     다음엔 도살자의 칼에 목젖을 내주지.
10   로시어스[62]가 어떤 죽음의 장면을 연기하려고 하나?

글로스터 죄진 마음을 가지고 있으면 항상 불안이 따라다니거든.
     도둑이 덤불도 경관으로 보듯이 말이야.

헨리 왕 덤불 속의 끈끈이에 걸려본 새는

---

62. 유명한 로마의 코미디 작가인데, 엘리자베스인들은 그를 전형적인 비극 작가로 잘
    못 여김.

덤불만 보아도 날개를 떨며 무서워한다.

그리고 귀여운 새에게 불운한 수컷이었던 나는　　　　　　　　15

끔찍한 광경을 보고 있지.

내 불쌍한 어린 애가 끈끈이에 걸려 잡혀서 살해되는 걸.

글로스터　이런, 저 크레테의 불쌍한 바보는

제 아들에게 나는 법을 가르쳤지!

하나, 날개를 가지고도 그 바보는 익사했어.　　　　　　　　20

헨리 왕　나는 디더러스고 내 불쌍한 애는 이카로스다.

네 아비는 우리 길을 막은 미노스이고.

내 귀여운 아이의 날개를 태어버린 태양은

네 형 에드워드이다. 그리고 너 자신은 바다이다.

그 바다의 짓궂은 소용돌이는 내 아들의 목숨을 삼켜버렸지.　　25

아, 네 무기로 나를 죽여라. 말로 말고.

내 가슴은 네 검 끝을 더 잘 견딜 수 있다.

내 귀가 그 비극적인 이야기를 듣는 것보다.

한데 뭐 때문에 왔느냐? 내 목숨을 앗으려고?

글로스터　내가 사형집행자라고 생각하느냐?　　　　　　　　30

헨리 왕　네가 학대자라는 것은 확실하다.

죄 없는 자를 처형한다면,

그럼, 너는 사형집행자다.

글로스터　네 아들은 오만방자해서 내가 죽였다.

헨리 왕　네가 애초에 오만방자했을 때 내가 죽였더라면　　　　35

네가 이렇게 살아서 내 아들을 죽이지 못했을 것이다.

나는 예언하노라. 내 두려움을 조금도 믿지 않고 있는

수천 명의 사람들이

네가 때어난 시각을 원통해하리라는 것을.

많은 노인들이 한탄하며, 많은 과부들이 탄식하고

수많은 고아가 억수 같은 눈물을 흘리고

아버지는 아들의 죽음에, 아내는 남편의 죽음에

고아는 그들 부모의 때 아닌 죽음에 눈물을 흘리리라.

네가 태어날 때 부엉이는 날카로운 소리로 울었다지－불길한 징
조가 아닌가.

외양간 올빼미는 불운한 시절을 예고하고

개들은 울부짖고 무시무시한 태풍은 나무를 뒤흔들었다지.

까마귀는 굴뚝 꼭대기에 웅크려 있고

짹짹대는 까치는 불길한 불협화음의 노래를 불렀다지.

네 어미는 여느 산모의 산고보다 더 고통을 겪고

네가 세상 밖에 나왔을 때 너는 네 어미의 희망을 저버렸다.

무슨 말인고 하니, 너는 볼품없고 불구인 살덩어리로 태어나

근사한 나무의 열매 같지 않았다는 말이다.

네가 태어날 때 이빨이 네 머리에 박혀 있었는데

그것은 네가 세상을 물어뜯을 것이라는 징조였지.

게다가 내가 들은 나머지 이야기도 사실이라면

네가 태어난 것은－

글로스터 더 이상 듣기 싫다. 죽어라, 이 예언자, 말하면서.

그를 찌른다.

이것도, 그 나머지 이야기에 들어 있었던 일이다. 내가 하도록 운
　　명 지워진.

헨리 왕　아, 이후에도 더 많은 살인이 있을 것이다.

오, 신이여, 제 죄를 용서하소서. 이 자도 용서하소서!　　　　60

글로스터　쳇, 랑카스터의 야심적인 피가

땅에 가라앉는 건가? 날아 갈 거라 생각했는데.

내 칼이 불쌍한 왕의 죽음으로 우는 걸 보라!

오, 이런 피 방울이 언제나 쏟아지기를.

우리 가문이 멸망하기를 바라는 자들로부터!　　　　　　　65

생명이 조금이라도 남아 있다면

떨어져라. 지옥으로 떨어져라. 내가 너를 거기로 보냈다고 말해라.

그를 다시 찌른다.

나는 동정도, 사랑도, 공포도 없다.

헨리가 나에 대해 말한 것은 정말로 사실이야.

내 어머니가 말하는 것을 종종 들었거든.　　　　　　　　　70

내가 태어날 때 다리부터 나왔다고.

생각해봐. 내가 서둘러 나온 것은

우리 권리를 찬탈한 자들을 파멸시키려고 한 것이 아닐까?

산모는 놀랐고 여자들은 소리쳤지.

'맙소사, 이빨을 가지고 태어났네!'라고.　　　　　　　　　75

정말 그렇다. 이것은

내가 개처럼 짖고, 물고 행동한다는 것을 명백히 나타낸 것이다.

그리고 하늘이 내 몸을 그렇게 만들었기 때문에

지옥이 그에 상응해서 내 몸도 비뚤어지게 만든 것이다.

나는 아버지가 없다. 아버지와 전혀 닮지 않았으니.

나는 형제도 없다. 형제와도 전혀 닮지 않았으니.

그리고 이 '사랑'이라는 단어도, 그건 백발의 노인이 신성이라 부

　르는 건데,

서로 비슷한 사람 안에나 있는 것이지

내 안에는 전혀 없다. 나는 나 자신 밖에 없다.

클라렌스, 조심해라. 너 때문에 내가 빛을 못 받고 있지만

너를 위해 칠흑 같은 밤을 준비해 놓겠다.

나는 이런 예언을 퍼뜨려놓을 테니

에드워드가 그의 목숨을 두려워한다고

그러고 나서, 그의 두려움을 제거하기 위해, 내가 그를 죽이겠다.

헨리와 그의 아들은 죽었고. 클라렌스, 너는 그 다음이다.

하나씩 하나씩 남은 사람들을 해치우겠다.

최고가 될 때까지는 나 자신을 스스로 사악하다고 생각하면서.

네 몸뚱이를 다른 방에 집어넣겠다.

헨리, 최후의 심판 날에나 승리해라.

　　　　　　　　　　　　　　　　　　시체와 함께 퇴장

7장

나팔소리. 에드워드 왕, 엘리자베스 왕비, 클라렌스,
글로스터, 헤이스팅즈, 아기 왕자를 안은 유모, 시종 등장

에드워드 왕 적들의 피로 되찾은

영국의 왕좌에 다시 한 번 앉게 되었다.

얼마나 용맹한 적들이었는지, 가을철의 밀처럼

그들이 최상의 상태에 달했을 때 베어 버렸지.

세 명의 소머셋 공작, 세 겹으로 유명한 자들이지.   5

그들은 강력하고 두려움 모르는 용장이었으니.

두 명의 클리포드, 즉 아버지와 아들

그리고 두 노섬벌랜드—이 두 용장처럼

나팔소리와 더불어 그들의 말에 박차를 가한 사람은 결코 없었다.

그들과 더불어, 두 용감한 곰들, 워릭과 몬태규   10

백수의 왕 사자를 쇠사슬로 묶고.

그들이 포효하면 산천초목도 떨었지.

이처럼 우리를 불안하게 했던 자들을 싹 쓸어버리고

확실한 발판을 만들었도다.

여기로 오시오, 베스. 내 아들에게 키스하게 해주오.   15

어린 네드, 너를 위해 네 삼촌들과 내가

무장한 채로 겨울밤을 지새우고

한 여름의 뜨거운 열기 속에서도 맨발로 행군 했단다.

네가 평화로이 왕관을 가질 수 있도록.

20 　　　　우리 노고로 네가 그 결실을 수확할 거란다.

글로스터 [방백] 네 아들의 수확을 망쳐 놓겠다. 네 머리가 무덤에 눕게 되면.

나는 아직 인정받지 못하고 있으니까.

이 어깨는 무거운 뭔가를 들어 올리라고

이렇게 두껍게 만들어져 있는 게 아닌가, 아니면 내 등이 부러지든가.

25 　　　　방법을 생각해봐라. 그리고 그걸 실행해라.

에드워드 왕 클라렌스와 글로스터, 내 사랑스런 왕비를 사랑하라.

그리고 네 왕자 조카에게 키스하라, 너희들 둘 다.

클라렌스 폐하께 대한 충성을

이 귀여운 아기의 입에 대고 확고히 합니다.

30 **엘리자베스** 감사하오, 고결한 클라렌스. 훌륭한 동생, 감사하오.

글로스터 전하가 솟아나온 그 나무를 사랑하나니

그 나무 열매에 사랑스런 키스를 하는 걸 보소서.

[방백] 사실을 말하면, 유다도 그의 스승에게 그렇게 키스하고

소리쳤다지. '만세!'라고. 악의를 품고서.

35 **에드워드 왕** 지금 나라는 평화롭고, 형제들의 사랑을 받으면서

왕좌에 앉아 있으니 내 영혼이 기쁘도다.

클라렌스 전하, 마가렛에 대해서 어떻게 하시겠습니까?

그녀의 아버지, 레이니에는 프랑스 왕에게 가서

시실리와 예수살렘을 저당 잡혀 그 돈을

40 　　　　여기로 보냈습니다. 마가렛의 몸값으로요.

에드워드 왕   그녀를 보내라. 프랑스로 가는 배에 태워서.

우리에게 이제 남은 것은 당당한 승리 축제와, 유쾌한 광대극으로

시간을 보내는 것 밖에 더 있겠느냐.

궁전의 즐거움에 어울리는.

북을 쳐라. 나팔을 울려라! 잘 가거라, 쓰디 쓴 고초여! ⁴⁵

여기서 이제 이 영원한 즐거움이 시작되나니.

나팔, 행진. 모두 퇴장

―끝―

작품설명*

1. 텍스트

이 극의 텍스트는 두 종류가 있다. 1595년에『요크 공작 리처드의 진정한 비극과 선한 왕 헨리 6세의 죽음, 랑카스터와 요크 양가의 대결』(*The True Tragedy of Richard Duke of York, and the Death of Good King Henry the Sixth, with the Whole Contention Between the Two Houses, Lancaster and York*(이하 *True Tragedy*)이라는 제목으로 서적상 밀링턴 (Thomas Milligton)에 의해 8절판으로 출판된 것이다. 또 다른 텍스트는 오늘날『헨리 6세 3부』(*3 Henry VI*)로 알려진 텍스트로『헨리 6세 3부, 요크 공작의 죽음』(*The Third Part of Henry the Sixt, with the Death of the Duke of York*)(이하 *Part Three*)이라는 제목으로 출판된 것이다. 이 텍스

---

* 이 작품에 대한 설명은 *The Third Part of King Henry VI*. Ed. Michael Hattaway (Cambridge: Cambridge UP, 1993)와 *Henry VI, Part Three*. Ed. Randall Martin (Oxford: Oxford UP, 2001), *King Henry VI PART III*. Ed. Andrew S. Cairncross (London: Methuen,1964) 의 'Introduction'을 참고하였다.

트는 1594년에서 1596년 사이에 True Tragedy를 2절판으로 수정한 것으로, 셰익스피어가 사망한지 7년이 지난 1623년에 셰익스피어의 동료인 헤밍즈(John Heminges)와 콘델(Henry Condell)에 의해 출판된 전집인 첫 번째 2절판(F1)에 수록된 것이다. 셰익스피어의 동료들은 이 작품을 『헨리 6세』 1부와 2부 다음에, 그리고 『리처드 3세』 전에 수록하였다.

True Tragedy는 Part Three보다 천 행 정도 더 짧은데, 몇 몇 단역 극이 생략되어 있고 고전 인유 및 수사적 표현도 생략되어 있다. 하지만 배우들의 수는 실제적으로 같고, 역사적 사건의 선택과 이야기의 진행과정도 Part Three와 거의 같다. True Tragedy와 Part Three의 가장 주목할 만한 차이점은 Part Three에서 헨리의 성격이 훨씬 더 깊이 있게 다루어지고 있다는 것이다. 헨리 6세는 이 극에서 좀 더 침착하고 지적이며 예언자적인 인물로 등장한다. 또 다른 차이점은 True Tragedy가 Part Three보다 관객들에게 볼거리를 제공해주고 전투 장면에 대한 접근도 실제적이며 생생하여 관객의 재미를 채워주고 있는 반면, Part Three에서는 전쟁 장면이 절제되어 있고 양식화되어 있어서 거기에 대해 의문을 제기한다는 것이다. 이러한 변화는 그 시대 영국의 대외전쟁에 대한 대중들의 태도를 반영하고 있고, *Part Three*에 나타난 반전적인 관점과도 일치한다.

본 번역본은 1623년에 출판된 2절판을 기초로 하여 편집한 옥스퍼드 판, 아든 판, 캠브리지 판 등의 편집본들을 비롯하여 김재남, 신정옥 등의 번역본을 참고하였다.

2. 집필연대

*True Tragedy*는 공연 후 배우들의 입을 통해 기록된 텍스트라는 설이 유력하다. 따라서 이 극이 1595년에 출판된 점을 고려하면 이 극은 늦게 잡아도 1595년에 쓰인 것으로 추정할 수 있다. 그런데 이 연극이 이보다 몇 년 전에 쓰여서 1592년 9월 이전에 공연되었을지도 모른다는 증거가 있다. 왜냐하면 그린(Robert Greene)이 1592년 9월 20일에 서적출판조합(Stationer's Register)에 등록된 자신의 글 『한 푼 어치 지혜』(*A Groatsworth of Wit*)에서 셰익스피어를 조롱하면서 이 극에서 요크가 마가렛을 비난할 때 쓰는 대사인 '여자의 가죽으로 싼 호랑이의 심장'을 그의 글에서 패러디하고 있기 때문이다. 그렇다면 『헨리 6세 3부』는 적어도 1592년 9월에는 이미 잘 알려진 극이었고, 따라서 그 해 극장이 폐쇄되었던 6월 23일 전에는 공연되었음이 분명하다.

또한 셰익스피어가 이 극의 자료로 활용했던 홀린셰드(Raphael Holinshed)의 『연대기』(*Chronicles*) 두 번째 판이 1587년에 발행된 것도 집필연대가 1595년보다 좀 더 일렀을 것이라고 추정할 수 있는 근거가 된다. 그러나 다른 무엇보다도 이 극이 1591년 초나 1590년 말에 집필되었다고 추정할 수 있는 것은 스펜서(Edmund Spenser)의 『선녀 여왕』

(*The Fairy Queen*)과 관련해서이다. 『선녀 여왕』은 1589년 12월 1일 서적출판조합에 등록되었는데, 이 극에서 『선녀 여왕』 I ~ III장의 영향을 찾아볼 수 있기 때문이다.

이 극의 집필연대를 1590년경이라고 추정할 수 있는 또 다른 근거는 이 극에서 말로우(Christopher Marlowe)의 『탬벌레인 대왕』(*Tamburlaine*)의 영향을 볼 수 있다는 것이다. 말로우의 이 극은 1590년 8월 14일 서적출판조합에 등록되었고, 셰익스피어는 이 극이 출판되기 이전에 이미 무대 공연을 통해 이 극을 잘 알고 있었을 것이라고 짐작할 수 있다. 또 다른 근거는 1591년 무명으로 출판된 『존 왕의 험난한 치세』(*The Troblesome Reign of King John*)의 영향이 이 극에서 보인다는 것이다. 2막 1장 성 올번즈 전투에서 패배한 워릭의 긴 대사에 이 작품의 영향이 잘 나타나 있고, 이외에도 『존 왕의 험난한 치세』의 구절이 이 극에서 산발적으로 나타나고 있다는 점도 들 수 있다. 이런 증거를 종합해 볼 때 이 극은 1590년 말이나 1591년 초반에 쓰였을 것이라고 볼 수 있다.

3. 작품분석

『헨리 6세 3부』(*3 Henry VI*)는 엘리자베스 시대에 있어서는 『헨리 6세』 1, 2부와 『리처드 3세』와 함께 인기 있는 극이었다. 극작가인 내쉬(Thomas Nashe)는 만 명의 관중들이 수차례에 걸쳐 『헨리 6세 1부』에 등장하는 탈보트를 봤다고 증언한다. 『헨리 6세』 2부와 3부는 『타이터스 안드로니커스』(*Titus Andronicus*) 다음으로, 셰익스피어 극 중 첫 번째로 1594년과 1595년에 해적판으로 인쇄되었다. 『헨리 6세』 2부와 3부의 이 해적판은 1623년 2절 판이 나오기 전 각각 두 번이 재인쇄되었고, 『리처드 3세』는 다섯 번이 재인쇄되었다. 더구나 이 극들의 인쇄물의 상태, 특히 『헨리 6세 3부』와 『리처드 3세』의 상태가 양호했다는 사실로 보면 이 연재극이 인기가 있었음을 알 수 있다. 엘리자베스 인들에게 요크 가문과 랑카스터 가문은 오늘날의 우리와는 달리 그들에게 친

숙했기 때문에 인기를 끄는 데는 전혀 장애가 없었다. 극에 등장하는 인물들의 이야기는 그들 자신의 이야기였고 극에 나오는 장소도 런던과 그 주변 지역이었다(Cairncross xlviii).

이 극에 대한 대중들의 인기와는 달리 비평가들은 전통적으로 이 극을 긍정적으로 평가하지 않았다. 그 이유는 무엇보다도 전투 장면이 네 번이나 반복되어 나오고 그에 따라 잔인한 장면으로 가득하다는 데 있다. 존슨(Ben Jonson)은 이 극의 전투 행위가 너무 반복적이며 무의미하다고 평가하면서 이 극의 목적과 작풍(identity)에 대한 의문을 제기했고, 이러한 볼거리를 즐기는 엘리자베스 인들의 연극에 대한 취향이 조악하

다고 비웃었다(Martin 5).

　　이러한 그의 평가는 그 후의 비평가들에게도 영향을 끼쳤다. 18세기에 이 극은 '북치고 트럼펫 부는 사건'(drum–and–trumpet affair)이라는 평을 받았다. 사실 이 극은 네 번에 걸친 전투 장면에서뿐만 아니라 다른 장면에서도 수시로 북을 치고 나팔을 불고 있다. 20세기에 와서도 이 극은 부정적인 평가를 받았다. 비평가들은 『헨리 6세』 2부와 3부를 합쳐 산만하게 구성된 10막이라고 평했고, 극의 중심인물도 결핍되었다고 지적했다. 머리(Middleton Murry)는 『헨리 6세 3부』를 사건의 원인에 대해 심사숙고한 흔적이 없는 단순한 기록물이라고 평하였다. 셰익스피어의 사극에 대해 높은 평가를 내리는 틸야드(E.M.W. Tillyard)조차도 셰익스피어가 이 극에서 방대한 연대기 물을 처리하는데 실패하였다고 평가했다(Cairncross xlviii).

　　해터웨이(Michael Hattaway)도 이 극에 대해 부정적인 견해를 펼친다. 이 극이 정치극 일변도의 기조를 벗어나 가끔씩 희극이나 비극으로 그 기조를 변화시키지 않고서는 그 극 자체로 존속하기 힘들다는 것이다. 그런데 『리처드 3세』처럼 블랙 코미디의 성격을 이 극의 일부에서 보여주기는 하지만, 비극적 기조를 띠기에는 부족하다고 한다. 정치가들은 거들먹거리기만 할 뿐, 비극적 인물의 특징인 강한 의지가 없으며, 헨리는 비극적 영웅이 아니라 예언자로 죽으며 자신의 죽음 앞에서 어떠한 인식의 순간도 느끼지 못하며 질서의 회복도 보이지 않는다는 것이다(21-24).

　　마틴(Randall Martin) 역시 이 극의 주요 인물 중 누구도 이 극을 절대적으로 지배하지 못한다고 지적하며 중심인물이 부재하다고 평한다. 극 중 인물들이 드러내는 감정과 반응 등을 통해 극의 내용이 연결되어 있다고 볼 수는 있지만, 셰익스피어는 극적 흥미를 다수의 인물들 사이에 균등하게 배치했을 뿐 아니라, 흥미롭고 강렬한 수사적인 대사도 특정 인물이 아닌 여러 인물들을 통해서 매 막에 분산했기 때문이라는 것이다. 그는 이런 구조로 인해서 연출가와 비평가들이 이 극을 해석할 때 어려움에 봉착하게 된다고 말한다. 많은 연출가와 비평가들이 이 극의 지배적이고 연속적인 내러티브의 부족을 마구잡이(randomness)라고 잘못 판단했고, 따라서 이 극의 주요 인물 중 한 명이나 두 명 그리고 그들의 이야기에 초점을 맞추거나 아니면 『헨리 6세』 3부작과 『리처드 3세』의 연재극 중 일부를 잘라내어 이 극을 다시 씀으로써 이러한 결점에 대응했다. 이러한 개작은 때로는 매우 인기가 있었고 뛰어나기도 했지만, 이런 작업들은 필연적으로 셰익스피어의 원고를 축소하거나 이 극의 이해를 돕기 위해서는 개정작업이 필요하다는 인식을 강화했다(2).

비평가들은 이 극의 극적인 초점이 이동하고 행위가 불연속하다는 점을 들어 셰익스피어가 이 극의 출전을 제대로 다루지 못했거나 그의 재능을 충분히 발휘하지 못한 증거라고 간주했다. 셰익스피어가 고전시대 이래로 선례가 없이 영국 역사에 있어서 어느 한 시대를 선택해 세 작품 또는 네 작품으로 극화했다는 것은 놀라운 야망이라고 인정하면서도 『헨리 6세 3부』의 극의 통일성과 내러티브의 결핍을 유감스럽게 생각했다(6).

이제 와서야 비평과 극장 공연에 있어서 변화가 일어나 이 극을 재

평가하려는 경향이 생겼다. 로지터(A. P. Rossiter)는 역사의 창조자로서의 셰익스피어의 역할에 대해 다시 고려해야 된다고 하였고, 프라이스(Hereward T. Price)는 셰익스피어가 아이스퀼로스를 제외하고는 그 누구도 인식하지 못했던 역사의 도덕성을 그의 사극에서 묘사했다고 보았다(Cairncross l). 무대 공연에서도 지난 50년 동안 제작자와 무대지향적인 비평가들이 이런 부정적인 태도에 도전해왔다. 즉 이 극의 탈중심화된 구조와 전쟁장면 재현의 문제를 예술적 결함으로 취급하는 것이 아니라 창의적인 극작술을 발휘할 수 있고 극의 해석도 다양하게 할 수 있는 기회를 제공한다고 여기는 것이다. 가장 기억할 만한 공연은 앙상블 제작의 경향을 띠고, 이런 극 제작에서는 헨리가 높은 지성과 예언자적 통찰력을 지닌 인물로 재현된다. 또한 현대에 와서 반사실주의와 표현주의, 브레히트 서사극 같은 드라마 양식에 익숙한 덕분에 극단들은 이 극의 양식화된 행동과 감정을 어떤 식으로 탐색해야 하는지 그리고 관객들은 이를 어떻게 감상해야 하는지도 알게 되었다. 뿐만 아니라 『헨리 6세』 3부작 전 극의 뛰어난 공연들을 통해 마가렛 왕비의 배역이 셰익스피어의 위대한 비극적 여주인공의 한 배역으로 재조명되었다(Martin 6).

한편 케른크로스(Cairncross)는 이 극에서 셰익스피어가 그의 창의력으로써 역사적 소재를 재배치하고 극화시켰다고 평가하면서, 셰익스피어가 역사적 소재를 다듬었을 뿐만 아니라 극의 통일성이라는 인상을 부여하기 위해 실제 예와 상징으로써 나라의 분열과 혼란을 주제로서 부각시켰다고 평한다. 셰익스피어는 무질서 상태, 즉 국가와 가족과 개인의 마음의 무질서 상태를 효과적으로 이 극에서 재현하고 있다는 것이다. 국가에서는 왕의 허약함이 무질서 상태를 초래한다. 헨리는 요크에게 왕위를 양도하고 왕으로서 강한 발언권을 발휘하지 못한다. 사회의 기본적 결합이 되는 가족도 마찬가지로 붕괴된다. 헨리는 아들의 계승권을 양도하여 왕비 마가렛의 분노를 야기한다. 요크의 세 아들은 처음에는 복수에 대한 갈망으로 화합했으나 나중에는 권력에 대한 야심으로 분열된다. 개인적인 도덕성도 붕괴된다. 극 중의 인물들은 격렬한 감정의 노예들이다. 분노와 증오가 가득하고, 교만과 야망이 넘쳐흐르며 권력과 부에 대한 욕망이 살인을 정당화한다(liii).

또 케른크로스는 셰익스피어가 통일성의 인상을 강화하기 위한 원활한 장치를 사용했다고 평한다. 다시 말해 셰익스피어가 사건의 앞뒤전후를 돌아보는 많은 기법을 채택하고 창조했다는 것이다. 이러한 기법은 인물들이 과거를 되돌아보고 그 과거의 일을 요약하거나 현재와 과거의 사건에 대한 논평을 한다든지 미래에 대한 희망과 두려움, 소망 등을 말하는 것을 의미한다(lv).

케른크로스는 또한 이 극 중에 나타나는 아이러니도 극에 통일성을 부여한다고 설명한다. 인물들은 그들에게 즉각적으로 관련 있는 사건들에 대해 모르고 있다는 것이다. 가령 요크의 세 아들들이 요크가 죽었다는 사실을 모른 채 왕권을 향한 자신감의 절정에 달하는 것이 이에 해당된다. 이외에 마가렛이 헨리가 붙잡힌 사실을 모르고 프랑스 왕에게 원조를 청한다든지, 워릭이 에드워드가 그레이 부인과 결혼한 사실을 모르고 프랑스 왕에게 에드워드의 왕비로서 보나 양을 달라고 간청한다든지 하는 것 등이다. 무엇보다도 이 극에서 아이러니의 정점은 2막 5장에 집약되어

있다고 볼 수 있다. 그 장에서 아버지는 전투 중에 아들인지도 모르고 그 자신의 아들을 죽이고, 아들 역시 그런 상태에서 아버지를 죽인다(lvii).

그는 이 극에 반복적으로 나타나는 흥망성쇠의 현상에서도 이 극의 주제의 통일성을 찾고 있다. 즉 인물을 둘러싸고 끊임없이 바뀌는 상황이 형태가 없는 마구잡이로 쓰인 것이 아니라 어떤 구조를 띠고 있다는 것이다. 그는 승리와 패배의 교차가 극 중에서 어떻게 재현되고 있는지 요크 가문을 통해 분석한다. 즉 1막에서 요크가 승리한 후 다시 2막에서 요크의 세 아들이 성공하고 3막과 4막에서는 요크가가 다시 패배하며 마지막으로 5막에서 요크 가문이 마침내 승리하게 된다는 것이다(lix-lx).

그런데 이처럼 반복되는 전투장면과 그에 따른 성공과 실패의 반복으로 인해 일부 비평가들의 평대로 이 극의 구조가 산만하다는 느낌을 줄 수 있다. 이는 셰익스피어의 다른 비극 작품에서 주인공이 파국을 향해 달려가다가 파멸함으로써 강력한 인상을 주고, 이에 따라 관객들을 몰두시키는 것과 비교하면 더욱 그러하다. 하지만 극 중의 헨리 6세가 양쪽 가문의 전쟁을 '조류와 바람의 대결'(2.5.1-14)이라고 묘사하고 있는 것처럼 두 가문이 왕권을 둘러싸고 벌이는 대결, 지리멸렬하면서도 엎치락뒤치락 하는 치열한 대결을 벌이는 모습을 보여주기 위한 방편으로 전투장면과 그에 따른 승리와 패배를 반복해서 재현했다고 할 수 있을 것이다.

또한 일부 비평가들은 이 극의 중심인물이 없다고 평하는데 이는 헨리 6세뿐 아니라 워릭, 마가렛, 리처드 등 등장인물의 개성이 워낙 뚜렷하게 부각되기 때문일 것이다. 하지만 헨리 6세의 성격이 다른 인물들과 현저하게 차이난다는 점에서 그에게 초점을 맞춰볼 수 있다. 극의 모든 인물들이 복수라는 미망에 빠져 있고 권력을 잡기 위한 야심에 사로잡혀 아무런 의식 없이 살인도 서슴지 않는 야수성을 드러내며 이런 자신의 행위에 대해서 인식하지 못하는 반면, 헨리 6세는 그 모든 상황들을 관조하며 자신에 대해서도 잘 알고 있다. 그가 처음에 왕위를 양위하는 것은 요크 일당의 협박에 의해서이긴 하지만, 그 자신도 자신의 조부인 헨리 4세가 리처드 2세의 왕권을 찬탈한 행위가 부당함을 인정하고 있음을 볼 수 있기 때문이다. 또 나중에 그가 왕권을 재획득 했음에도 불구하고 정치를 워릭에게 일임하는 것도 자신이 왕으로서의 자질이 부족하다는 것을 스스로 인식하고 있음을 보여주는 것이다. 이는 극 중의 다른 인물들이 자신의 욕망에 사로잡혀 그들의 행위의 모순성을 깨닫지 못하는 것과 현저히 대조된다. 가령 마가렛은 자신의 아들, 에드워드를 살해하는 자들을 저주하고 원한을 품지만, 그녀가 요크 공작에게 한 행위—살해당한 요크의 어린 아들 럿랜드의 피가 묻은 손수건을 요크에게 던져주며 요크를 고문하던 행위—에 대해서는 일말의 자책감을 느끼지 못한다. 또한 요크의 아들들은 그들이 헨리가 죽은 후에 계승권을 물려받겠다는 약속을 지키지 않은 사실은 간과하고, 헨리가 자신들의 계승권을 취소했다며 헨리를 비난한다.

헨리 6세는 헨리 5세와 같은 유능한 왕도 아니고 영웅적인 인물도 아니며 리처드 3세처럼 악당도 아니어서 극중 인물로서는 별다른 매력이 없을 수도 있다. 하지만 그는 왕권의 허망함과 권력의 무상함, 백성들의 속성, 전쟁의 참혹함 등에 대해 명상하는 모습을 보여주고 있고, 이런 그의 모습에서 인간적인 매력을 느낄 수 있다. 그러나 클리포드가 죽어가면서 헨리를 원망하는 말—헨리 6세의 왕으로서의 무능함으로 인해 내란이 일어났다는—에서 잘 드러나 있듯이, 비록 헨리 6세의 인간성이 고결하다고 할지라도 그의 정치적 무능함으로 인해 백성들이 고통 받는 현상을 볼 때 진정한 왕의 자질이 무엇인지에 대해 생각해보게 한다. 이처럼 셰익스피어는 헨리 6세를 통해 왕의 자질에 대한 질문을 야기하는 한편 극중 인물들의 야심과 야수성, 배신 등을 통해 인간의 본성에 대해 다시 한 번 생각해보게 만든다. 이러한 문제에 대한 관심은 지금 우리뿐만 아니라 르네상스 인문주의자들이 늘 가졌던 것으로서, 셰익스피어의 여느 다른 극과 더불어서 이 극에서도 여실히 드러나고 있다.

4. 공연사

이 극의 공연은 1592년 3월에 있었을 것으로 추정되며, 당시의 극장이 문 닫기 전 공연에 대해서는 아는 바가 없다. 그 후 이 극은 전체적으로 공연되지 않고 일부만 다른 극에 삽입해서 공연되었다. 1681년에 크라운(John Crowne)이 『헨리 6세 2부』(*2 Henry VI*)의 1막에서 3막까지를 확장하여 「헨리 6세 1부, 글로스터 공작 험프리 살해」(*Henry the Sixth, the First Part, With the Murder of Humprey Duke of Glocester*)라는 제목으로 개작하였고, 도셋 가든 극장(Dorset Garden Theatre)에서 듀크 극단(Duke's Company)에 의해 공연되었다. 크라운은 이어서 『헨리 6세 2부』에 나오는 케이드(Cade) 반란을 포함시켜 『헨리 6세 3부』를 「내란의 비참」(*The Misery of Civil War*)이라는 제목으로 개작하였다. 1723년 시버(Theophilus Cibber)는 『헨리 6세 2부』의 5막과 『헨리 6세 3부』의 1막과 2막을 편집하여 드루리 레인 극장(Drury Lane Theater)에서 상연하였다. 1795년에는 발피(Richard Valpy)가 「장미」(*The Roses*)라는 이름으로 『헨리 6세 3부』의 2~5막을 가지고 개작본을 썼고, 그 극은 1817년에 메리벌(J. H. Merival)의 5막극 개작물인 「요크 공작 리처드」(*Richard Duke of York*)의 일부로서 킨(Edmund Kean)에 의해 상연되었다.

『헨리 6세』 3부작 전체가 처음으로 공연된 것은 밴슨(F. R. Banson)에 의해서이다. 밴슨은 1906년 5월 2일부터 4일까지 3일에 걸쳐 스트랫퍼드(Stratford)에서 이 연재극 모두를 무대에 올렸다. 그는 여기에서 그자신이 리처드 역을 맡았다. 『헨리 6세』 3부작의 주목할 만한 현대적 공연은 1951년에 버밍엄 레퍼토리 극장(Birmingham Repertory Theater)에

서 실(Douglas Seale)이 『헨리 6세』 3부작을 연출함으로써 시작되었다. 이 3부작은 1953년에 런던에 있는 올드 빅 극장(Old Vic Theater)에서 며칠 밤 동안 연속으로 공연되었다. 1957년에는 실이 그 작품을 올드 빅 극장에서 다시 공연했는데 이번에는 1부와 2부를 한 작품으로 축약시켰다.

1963년 로열 셰익스피어 극단(Royal Shakespeare Company)은 「에드워드 4세」(*Edward IV*)의 마지막 장에 『헨리 6세 3부』의 일부를 삽입하였다. 「에드워드 4세」는 바튼(John Barton)이 『헨리 6세』 3부작을 개작하고 홀(Peter Hall)이 연출한 「장미의 전쟁」(*The Wars of the Roses*)의 두 번째 부분이다. 이 연극은 1964년 셰익스피어 백년제를 기념하기 위해 스트랫퍼드에서 공연한 전체 사극의 일부로서 기획된 것이었다. 바튼은 원문 일부를 삭제했을 뿐만 아니라 연대기에서 끌어낸 자료를 이 극에 삽입하였다.

1977년에는 『헨리 6세』 3부작이 각색 없이 온전하게 공연되었는데, 이는 핸즈(Terry Hands)가 로열 셰익스피어 극단을 위해 스트랫퍼드에서 연출한 것이다. 그 연극들은 1975년 핸즈의 「헨리 5세」의 성공적인 공연과 맞추어서 공연된 것이었고, 1978년 런던에 있는 알드위치 극장(Aldwych Theatre)에서 재공연되었다.

1983년 이 연극은 BBC 텔레비전으로 방영되었다. 셔튼(Shaun Sutton)이 제작하였고 하월(Jane Howell)이 연출하였다. 1986년에 페닝튼(Michael Penington)과 보그다노프(Michael Bogdanov)의 예술 연출 하에 영국 셰익스피어 극단(English Shakespeare Company)이 「장미의 전쟁」(*The Wars of the Roses*)이라는 제목으로 셰익스피어의 사극 7개를 가지고 전국 공연을 시작했다. 여기서 『헨리 6세』 3부작은 두 작품으로 축약되었는데, 「헨리 6세 랑카스터 가」(*Henry VI: House of Lancaster*)라는 이름의 극과 『헨리 6세 3부』를 담고 있는 「헨리 6세: 요크 가」(*Henry VI: House of York*)라는 극이다.

1988년에 로열 셰익스피어 극단은 노블(Adrian Noble)이 연출하고 크롤리(Bob Crowley)가 기획한 또 다른 개작물인 「플랜태지넷」(*The Plantagenets*)을 제작했다. 여기서 『헨리 6세』 3부작은 「헨리 6세」(*Henry*

VI)와 「에드워드 4세의 부상」(*The Rise of Edward IV*)이라는 두 극으로 압축되었고, 「리처드 3세」(*Richard III*)를 포함하여 3부작으로 공연되었다.

2000년 12월부터 2001년 9월에 걸쳐 『헨리 6세』 3부작과 『리처드 3세』가 스완 극장(Swan Theatre)에서 보이드(Michael Boyd)의 연출로 무대에 올랐다. 로열 셰익스피어 극단의 제작으로 『헨리 6세』 1부는 프랑스와의 투쟁에 초점을 맞추고 2부는 왕권에 대한 야심, 3부는 계승권에 대한 투쟁에 초점을 맞췄다.

이상에서처럼 『헨리 6세 3부』는 단독으로 공연되지 않고, 이 극의 일부를 다른 극에 삽입시켜 공연되었거나 아니면 『헨리 6세』 3부작 공연 중의 일부로서 공연되었음을 알 수 있다. 마틴은 『헨리 6세 3부』가 단독으로 공연되지 않은 이유로서 이 극이 1623년 2절판에 편집되었을 때 『헨리 6세』 1, 2부 다음에, 그리고 『리처드 3세』 앞에 배치되었다는 사실을 든다. 이러한 점은 학자와 연출가로 하여금 이 극이 헨리 6세 통치기간을 다루는 커다란 이야기 속에 위치한 것으로 보게 한다는 것이다.

이처럼 『헨리 6세 3부』를 제1군의 사극 중의 하나로 보든지, 아니면 더 나아가 셰익스피어의 역사극 중 일부로 볼 수 있겠지만, 작품 분석에서 말한 대로 이 극 자체로서도 인간 세계와 사회, 정치에 대해서 관객들에게 많은 질문을 던지고 있어서 이 극이 단독으로 공연될 수 있는 가능성을 충분히 지니고 있다고 할 수 있다.

셰익스피어 생애 및 작품 연보

셰익스피어의 생애와 작품의 집필연대 중 일부는 비교적 정확히 기록되어 있는 자료에 의존할 수 있지만, 대부분은 막연한 자료와 기록의 부족으로 그 시기를 추정할 수밖에 없으며, 특히 작품 연보의 경우 학자들에 따라 순서나 시기에 차이가 있음을 밝힌다.

1564	잉글랜드 중부 소읍 스트랫포드 어폰 에이번Stratford-upon-Avon 출생(4월 23일). 가죽 가공과 장갑 제조업 등 상공업에 종사하면서 마을 유지가 되어 1568년에는 읍장에 해당하는 직high bailiff을 지낸 경력이 있는 존 셰익스피어와, 인근 마을의 부농 출신으로 어느 정도 재산을 상속받은 메리 아든Mary Arden 사이에서 셋째로 출생. 유복한 가정의 아들로 유년시절을 보냄.
1571	마을의 문법학교Grammar School에 입학했을 것으로 추정.
1578	문법학교를 졸업했을 것으로 추정. 졸업 무렵 부친 존은 세금도 내지 못하고 집을 담보로 40파운드 빚을 냄.
1579	부친 존이 아내가 상속받은 소유지와 집을 팔 정도로 가세가 갑자기 어려워짐.
1582	18세에 부농 집안의 딸로 8년 연상인 26세의 앤 해서웨이 Anne Hathaway와 결혼(11월 27일 결혼 허가 기록).
1583	결혼 후 6개월 만에 맏딸 수잔나Susanna 탄생(5월 26일 세례 기록).

1585	아들 햄넷Hamnet과 딸 쥬디스Judith(이란성 쌍둥이) 탄생(2월 2일 세례 기록).
1585~1592	'행방불명 기간'lost years으로 알려진 8년간의 행방에 관한 자료가 거의 없음. 학교 선생, 변호사, 군인, 혹은 선원이 되었을 것으로 다양하게 추측. 대체로 쌍둥이 출생 이후 어떤 시점(1587년)에 식구들을 두고 런던으로 상경하여 극단에 참여, 지방과 런던에서 배우이자 극작가로서 경험을 쌓았을 것으로 추측.
1590~1594	1기(습작기): 주로 사극과 희극 집필.
1590~1591	초기 희극 『베로나의 두 신사』(*The Two Gentlemen of Verona*) 『말괄량이 길들이기』(*The Taming of the Shrew*)
1591	『헨리 6세 2부』(*Henry VI, Part II*)(공저 가능성) 『헨리 6세 3부』(*Henry VI, Part III*)(공저 가능성)
1592	『헨리 6세 1부』(*Henry VI, Part I*)(토머스 내쉬Thomas Nashe 와 공저 추정) 『타이터스 안드로니커스』(*Titus Andronicus*)(조지 필George Peele과 공동 집필/개작 추정)
1592~1593	『리처드 3세』(*Richard III*)
1592~1594	봄까지 흑사병 때문에 런던의 극장들이 폐쇄됨.
1593	「비너스와 아도니스」(*Venus and Adonis*)(시집)
1594	「루크리스의 강간」(*The Rape of Lucrece*)(시집) 두 시집 모두 자신이 직접 인쇄 작업을 담당했던 것으로 추

정되며, 사우샘프턴 백작The third Earl of Southampton에게 헌사
하는 형식.

챔벌린 극단Lord Chamberlain's Men의 배우 및 극작가, 주주로
활동.

1593~1603 및 이후 『소네트』(*Sonnets*)

1594   『실수 연발』(*The Comedy of Errors*)

1594~1595   『사랑의 헛수고』(*Love's Labour's Lost*)

1595~1600   2기(성장기): 낭만희극, 희극, 사극, 로마극 등 다양한 장르
             집필.

1595~1596   『로미오와 줄리엣』(*Romeo and Juliet*)

             『리처드 2세』(*Richard II*)

             『한여름 밤의 꿈』(*A Midsummer Night's Dream*)

             『존 왕』(*King John*)

1596   아들 햄넷 사망(11세, 8월 11일 매장).

             부친의 가족 문장 사용 신청을 주도하여 허락됨(10월 20일).

1596~1597   『베니스의 상인』(*The Merchant of Venice*)

             『헨리 4세 1부』(*Henry IV, Part I*)

             스트랫포드에 뉴 플레이스 저택Great House of New Place 구입
             (마을에서 두 번째로 큰 저택으로 런던 생활 후 은퇴해서 죽
             을 때까지 그곳에 기거).

1598   벤 존슨Ben Jonson의 희곡 무대에 출연.

1598~1599   『헨리 4세 2부』(*Henry IV, Part II*)

             『헛소동』(*Much Ado About Nothing*)

『헨리 5세』(*Henry V*)

1599   시어터 극장The Theatre에서 공연하던 셰익스피어의 극단이 땅 주인의 임대계약 연장을 거부하자 '극장'을 분해하여 템즈강 남쪽 뱅크사이드 구역으로 옮겨 글로브 극장The Globe을 짓고 이곳에서 공연. 지분을 투자하여 극장 공동 경영자가 됨.

1599~1600   『줄리어스 시저』(*Julius Caesar*)

『좋으실 대로』(*As You Like It*)

1601~1608   3기(원숙기): 주로 4대 비극작품이 집필, 공연된 인생의 절정기

1600~1601   『햄릿』(*Hamlet*)

『윈저의 즐거운 아낙네들』(*The Merry Wives of Windsor*)

『십이야』(*Twelfth Night*)

1601   「불사조와 거북」(*The Phoenix and the Turtle*)(시집)

아버지 존 사망(9월 8일 장례).

1601~1602   『트로일러스와 크레시다』(*Troilus and Cressida*)

1603   엘리자베스 여왕 사망(3월 24일). 추밀원이 스코틀랜드의 제임스 6세를 잉글랜드의 제임스 1세로 선포.

제임스 1세 런던 도착(5월 7일) 후 셰익스피어 극단 명칭이 챔벌린 경의 극단에서 국왕의 후원을 받는 국왕 극단King's Men으로 격상되는 영예(5월 19일).

제임스 1세 즉위(7월 25일).

1603~1604   『자에는 자로』(*Measure for Measure*)

『오셀로』(*Othello*)

1605   『끝이 좋으면 모두 좋다』(*All's Well That Ends Well*)

『아테네의 타이몬』(*Timon of Athens*)(토머스 미들턴Thomas Middleton과 공동작업)

1605~1606 『리어 왕』(*King Lear*)

1606 『맥베스』(*Macbeth*)

『안토니와 클레오파트라』(*Antony and Cleopatra*)

1607 딸 수잔나, 성공적인 내과의사인 존 홀John Hall과 결혼(6월 5일).

1607~1608 『페리클레스』(*Pericles*)(조지 윌킨스George Wilkins와 공동작업)

『코리올레이너스』(*Coriolanus*)

1608~1613 제4기: 일련의 희비극 집필.

1608 셰익스피어 극장이 실내 극장인 블랙프라이어스Blackfriars 극장을 동료배우들과 함께 합자하여 임대함(8월 9일).

어머니 메리 사망(9월 9일 장례).

1609 셰익스피어 극장이 블랙프라이어스 극장 흡수, 글로브 극장과 함께 두 개의 극장 소유.

1609~1610 『심벌린』(*Cymbeline*)

1610~1611 『겨울 이야기』(*The Winter's Tale*)

『태풍』(*The Tempest*)

1611 고향 스트랫포드로 돌아가 은퇴 추정.

1613 『헨리 8세』(*Henry VIII*)(존 플레처John Fletcher와 공동작업설)

『헨리 8세』 공연 도중 글로브 극장 화재로 전소됨(6월 29일).

1613~1614 『두 귀족 친척』(*The Two Noble Kinsmen*)(존 플레처와 공동작업)

1614~1616 말년: 주로 고향 스트랫포드의 뉴 플레이스 저택에서 행복하

고 평온한 삶 영위.

1616   둘째 딸 쥬디스, 포도주 상인 토마스 퀴니Thomas Quiney와 결
            혼(2월 10일).
            쥬디스의 상속분을 퀴니가 장악하지 않도록 유언장 수정(3
            월 25일).
            스트랫포드에서 사망(4월 23일. 성 삼위일체 교회 내에 안장).

1623   『페리클레스』를 제외한 36편의 극작품들이 글로브 극장 시
            절 동료 배우 존 헤밍John Heminge과 헨리 콘델Henry Condell이
            편집한 전집 초판인 제1이절판으로 출판됨.
            아내 앤 해서웨이 사망(8월 6일).

옮긴이 **한정이**
충북대 영문학 박사
충북대 강사, 충북대 기초교육원 초빙교수 역임
주요 논문으로는 「리처드 2세의 정체성」, 「『햄릿』에 나타난 르네상스 개인주의」, 「『파우스터스 박사』: 르네상스 개인주의와 신교 개인주의」, 「『말피의 공작부인』: 신분갈등과 개인주의 정신」, 「『맥베스』의 마녀와 르네상스 오컬트 철학」 등이 있다.

헨리 6세 3부

초판 발행일 2015년 12월 28일

옮긴이 한정이
발행인 이성모
발행처 도서출판 동인
주 소 서울시 종로구 혜화로3길 5 118호
등 록 제1-1599호
TEL (02) 765-7145 / FAX (02) 765-7165
E-mail dongin60@chol.com
ISBN 978-89-5506-687-6
정 가 10,000원

※ 잘못 만들어진 책은 바꿔 드립니다.